JOSÉ MAURO DE
VASCONCELOS

DELİFİŞEK

Can Modern

Delifişek, José Mauro de Vasconcelos
Çeviri: İnci Kurt
Doidão

1. basım: 1993
44. basım: Ağustos 2019, İstanbul
Bu kitabın 44. baskısı 10000 adet yapılmıştır.

Dizi editörü: Emrah Serdan

Kapak tasarımı: Utku Lomlu / Lom Creative (www.lom.com.tr)

İç baskı ve cilt: WPC Matbaacılık San. ve Tic. A.Ş.
Osmangazi Mah. Mehmet Deniz Kopuz Cad. No.17/1
Esenyurt, İstanbul
Sertifika No: 35428

ISBN 978-975-07-2478-7

CAN SANAT YAYINLARI
YAPIM VE DAĞITIM TİCARET VE SANAYİ A.Ş.
Hayriye Caddesi No: 2, 34430 Galatasaray, İstanbul
Telefon: (0212) 252 56 75 / 252 59 88 / 252 59 89 Faks: (0212) 252 72 33
canyayinlari.com
yayinevi@canyayinlari.com
Sertifika No: 43514

JOSÉ MAURO DE
VASCONCELOS

DELİFİŞEK

ROMAN

Çeviri
İnci Kut

can

José Mauro de Vasconcelos'un Can Yayınları'ndaki diğer kitapları:

Şeker Portakalı, 1983
Güneşi Uyandıralım, 1983
Kayığım Rosinha, 1983
Yaban Muzu, 1984
Kardeşim Rüzgâr, Kardeşim Deniz, 1985
Çıplak Sokak, 1994
Kırmızı Papağan, 1998

JOSÉ MAURO DE VASCONCELOS, 26 Şubat 1920'de, Rio de Janeiro'nun Bangu mahallesinde doğdu. Yarı yerli, yarı Portekizli yoksul bir ailenin on bir çocuğundan biriydi. Ailenin yoksulluğu nedeniyle çocukluğunu Brezilya'nın kuzeydoğusundaki Natal kentinde, akrabalarının yanında geçirdi ve okumayı tek başına öğrendi. Resim, hukuk ve felsefe alanında öğrenim görmek istediyse de vazgeçti. Natal'da iki yıl tıp eğitimi aldı. Çeşitli işlerde çalıştı. Boks antrenörlüğü, muz taşıyıcılığı, gece kulübünde garsonluk, ırgatlık, balıkçılık yaptı. Bir süre Kızılderililer arasında yaşadı. 1942'de yazdığı ilk romanı *Yaban Muzu*'yla eşine az rastlanır anlatıcılık yeteneğini ortaya koydu. Ardından *Şeker Portakalı, Güneşi Uyandıralım, Kayığım Rosinha, Kardeşim Rüzgâr Kardeşim Deniz, Delifişek, Çıplak Sokak* gibi romanlarıyla ünü Brezilya sınırlarını aştı. Bugün yapıtları birçok ülkede büyük ilgiyle okunan yazar, 24 Temmuz 1984'te São Paulo'da öldü.

İNCİ KUT, lise öğrenimini 1960'ta Ankara Koleji'nde tamamladıktan sonra Ankara Üniversitesi DTCF İngiliz Dili ve Edebiyatı ve Varşova Üniversitesi İspanyol Filolojisi bölümlerinden mezun oldu. İspanyol dili ve grameri üzerine sözlükler ve dilbilgisi kitapları yayımladı. 1990 yılından başlayarak Miguel Delibes, Gabriel García Márquez, Isabel Allende, Mario Vargas Llosa, José Mauro de Vasconcelos ve Jose Saramago gibi İspanyol, Portekizli ve Güney Amerikalı yazarların roman ve öykülerini Türkçeye kazandırdı.

Birazcık sevecenlik
delikanlılık çağında onu kurtarabilirdi.

Delifişek (*Doidâo*) için duygusal bir değerlendirme

José Mauro de Vasconcelos, bir dizi kitap boyunca hep aynı kişinin yaşamını anlatıyor: *Zé... Zezé... Zéca... Gum...* Kahramanın adı değişse de kitapların hepsinde aynı kişiyi görüyor, *Şeker Portakalı*'nda onun çocukluğundan başlayarak, *Güneşi Uyandıralım*'da delikanlılığını, *Delifişek*'te ilkgençlik yıllarını, daha sonra olgunluk çağını, gerileme dönemini ve yaşlılığını izliyoruz.

Böylece bu unutulmaz kişinin yaşamına girerek, onun kendi kişiliğini keşfetmesine, günlük yaşantısında başından geçen ufak tefek serüvenlere, kendi kendisiyle hesaplaşmasına ve kaderini aramasına tanık oluyoruz. Öte yandan, kahramanımızın kişiliğinde yazarın kendisinden pek çok şey var çünkü Zezé'nin yaşamını anlatan bu kitaplar yazarın özgeçmişinden pek çok şey almış.

Zezé de, onun yaratıcısı da yoksul ailelerden geliyorlar, her ikisinde de yerli kanı var; ikisi de ana babalarından alınıp yabancı bir ortamda ve sevgiden yoksun koşullarda yaşamak zorunda bırakılmışlar. Her ikisi de tıp fakültesinin ikinci sınıfından ayrılarak eğitimlerini yarım bırakmışlar ve içlerinde uzaklara gitme arzusu filizlenmiş.

José Mauro de Vasconcelos'un oradan oraya dolaşmakla geçen yaşamında, uzaklara yolculuklar, türlü uğraşlar ve olaylar, biraz da rasgele, birbirini izler ve "dövüş başına 100 *cruzeiro*"nun, zor bir yaşam açlık arasındaki sınırı çizdiği zamanlarda "tüysıklet antrenörlüğü" yaptığı o ilk işinden başlamak üzere yıllar geçip gider.

Vasconcelos, söyleşilerde sorulduğunda bu yaşamöyküsünü kendisi de anlatırken, türlü işler yaptığı onca dolaşma sırasında, bir yazar için şart olan "hayatı bir çırak gibi öğrenme" dönemini yaşadığını söyler. Daha sonra, burslu olarak gittiği İspanya deneyimi gelir; "kendini akademik yaşama vermeye fazlasıyla gönülsüz ve Avrupa'yı dolaşmaya fazlasıyla hevesli" hisseden Vasconcelos'un bu bursu, buna dayanacak gücü bulduğu o bir haftadan sonra uzatılmış olsa gerek. Daha sonra da Villas-Boas kardeşlerle birlikte yaşadığı o unutulmaz deneyim süresince Araguaia bölgesinin göbeğinde nehirleri dolaşarak çevrenin düşmanca koşullarını tanıması ve hep yerliler uğruna savaşım vermesi.

Ancak, yazarın oluşumu tamamlanırken, insan olarak kişiliği de "oluşmaktadır", çünkü Vasconcelos'ta bu ikisi birleşir ve yazar bireyden ayrılamaz. Bu da onun Graciliano Ramos ile José Lins do Rego'yu yeğlemesinin nedenini oluşturur.

Vasconcelos, yazı yazma yöntemini bize şöyle anlatır: "Kitaplarımı birkaç gün içinde yazıverdiğim doğrudur. Ama buna karşılık fikirlerimi olgunlaştırıncaya kadar yıllarca üstünde düşünür taşınırım. Hep daktiloyla yazar, her bir bölümü hiç durmaksızın yazıp bitiririm; yazdıklarımı ancak bitirdiğim zaman okurum. Gece gündüz, saat kaç olursa olsun yazarım. Yazı yazarken sanki transa geçerim. Ancak parmaklarım acımaya başladığı zaman bırakırım tuşlara vurmayı, o zaman anlarım ne kadar çok çalıştığımı. Çalışmak mı dedim? Ne düşüncemi ne de duygularımı iyi anlatabildim: Yazı yazmak, öyküler anlatmak, yaşanmış olayları nakletmek, tanıdığım çocukların anılarına dalmak benim için çalışmak demek değildir. Kendi kendime verdiğim bir armağandır bu."

Delifişek, José Mauro de Vasconcelos'un delikanlılık, ilk gençlik dönemini anlatıyor; bunu roman türünde anlatıyor olsa da, yaşamının Natal kentinde geçen yıllarıyla ilgili bir itirafname olduğu anlaşılıyor bu kitabın. Zé, Mauro'nun bu yapıt için duyduğu sevginin nedenini buna mı bağlamak gerek bilemiyorum. Kitabını İspanyolcaya çevirmem için bana yolladığı zaman şöyle demişti: "Bütün kitaplarımın içinde bana en yakın olanlardan biridir bu ve gönül rahatlığıyla itiraf edeyim ki İspanyolca olarak basılmasını en çok istediğim de yine bu kitabımdır."

Kitabın, önemli olaylar içermeyen yalın anlatımı içinde bütün ağırlık, psikolojik yönüne verilmiş. Yazar, büyük bir ustalıkla ya da yarattığı kişilerin derinine inerek, karakterlerinin karmaşıklığı içinde onları yakından izliyor, onları –ve yazar kendisini, insan olarak– bütün çıplaklıklarıyla ve zaaflarıyla ortaya koyuyor; hayattaki başarılarını gösterip başarısızlıklarını kabulleniyor. Vasconcelos'un öteki kitaplarındaki gibi bunda da ana tema, sevecenlik arayışı ve insanoğlunun hayal kurma hakkından vazgeçmemek için yaptığı kaçamakların idealleştirilmesi. Bu kez, öteki kitaplarında kişilik verecek kadar önemsediği doğaya, aynı derecede yer vermiyor. Ve kitaplarının hepsinde yaptığı gibi, insan olarak bütün öteki insanlarla dayanışma içinde olduğunu gösteriyor.

Romancı, yarattığı kişiliği ele alıp onun öyküsünü anlattığı zaman, okuyucusuyla arasında derin bir iletişim kuruluyor. Yazar burada *Şeker Portakalı*'ndaki şiirsel anlatımdan biraz uzaklaşıp daha gerçekçi; insanın hayat mücadelesinin katı gerçeğini daha özümsemiş bir yol çizse de yine okuyucusunun aklından çok, duygularına yöneliyor.

Ona göre, ruhsal bir davranışı ve ahlaki bir amacı ortaya koyan bir kitabın dokunulmazlığı vardır; her iki öğe de var olduğu zaman, bütün geri kalanlar, bazen edebî bir bahaneyle yazılmış bir konu, bir öykü, bir olay olmaktan öteye gidemez. Vasconcelos'un öyküsünde de bu davranış ve bu amaç ortaya çıkar, bazen alaylı bir tümceyle, bazen bir sıfatın kırıcı sertliğiyle –ki bu, kimi zaman Tanrı'ya bir hakaret, kimi zaman da ona karşı açık bir başkaldırı olabilir– bazen de önemli bir paragraf boyunca süren ya da melankolik bir ayrıntıda kendini gösteren tanımlanamaz bir gülümsemeyle. Ama her defasında, kahramanlarını yaratıp yönlendirdiği o sımsıcak insancıllık belli eder kendini; toplumdaki huzursuzlukları, yapıtlarına belirli bir toplumsal eleştiri getirip başkalarını sömüren grupları yargılayacak biçimde gözlemler. Somut bir örnek vermek gerekirse "yerli sorunu," onu sürekli kaygılandıran konulardan biridir.

Ama bu demek değildir ki yazar, kendini yargıç yerine koyup bir yargıya varsın: O, gerçekçi bir konumdadır, bu yüzden de inandırıcıdır; insanı düşünmeye iter, toplumsal oyunun belirli uyumsuzluklarına dikkati çeker, heyecanlandırıcı bir tutkuya kapılmadan yerli haklarını savunur. İşte o zaman somut bir ahlaki amaca vararak eskiden anlamı olmayan ya da var oldukları halde değer verilmeyen şeyler için yeni bir duyarlılık ister. "Eski oyuna yeni kurallar": ülkenin yerli halkının hakkını araması, herkese eşit hak.

Delifişek'teki doku, toplumsal değil ruhsaldır; burada söz konusu olan, bireyin hakkını araması, birinci ve en önemli hakkı olan özgürlüğünün tanınmasıdır. Sevme özgürlüğü, seçme özgürlüğü, kabul etmeme özgürlüğü, hayatını yaşama özgürlüğü, başkalarının istediği değil kendi istediği geleceği seçme özgürlüğü. Burada esas olan, amacını belirlemek ya da elde etmek için Vasconcelos'un okuyucu önünde uysal bir davranış içine girmemesidir; o sadece gerçeği ve çözüm yollarını ortaya koymaktadır. Kendine göre bir devrimcidir, çünkü düşünce biçimine, önyargılara ve ahlak kurallarına değişiklikler getirmek ister. Devrimci olmanın iki yolu vardır; Vasconcelos gibi "barışçı" bir devrimci için tek yol, insanları sevmektir.

İşte *Delifişek*'te işlenen ana tema budur. Bunun insan-Vasconcelos'u en fazla kaygılandıran konu olduğunu düşünürsek, onun en sevdiği kitabının bu olmasına da şaşmamak gerek. Bu kitabın sayfalarında onun militan yönü, kardeşleri olarak gördüğü insanların hakları için her zaman ve her alanda savaşması yer alıyor. Böylelikle bu roman, insanlıkla dayanışma halindeki bir "insan" ile bunun gerektirdiği görevlerin bilincinde olan bir "yazar"ın, vicdanları yönlendiren ve biçimlendiren sesi haline geliyor.

HEYDEE M. JOFRE BARROS

1

Okul

Annemin buyurgan bir sesle bağırması ta içerden duyuluyordu:

"Ömrünün sonuna kadar banyoda mı kalacaksın?.. Bak ama, okula gitmen gerek!.. Okula gitmek için çoktan hazırlanmış olmalıydın!.. Saat neredeyse sekiz oldu! Okula gideceğini unutma!.. Okul!.. OKUL!.. OKUL!.."

Aman Tanrım, tek bir sözcük, öylesine güzel bir sabahı nasıl da mahvedebiliyordu! Okulun canı cehenneme! Tahta bir sırada oturup bütün ömrünü matematik, din, coğrafya dersi dinlemekle geçirmek budalalıktı... Yo, hayır, coğrafya öyle değil. Her şeyin adını, ırmakların, ülkelerin adlarını bilmek güzel şeydi. Karnemi verdiklerinde içindeki yorum hep aynı oluyordu: "Coğrafya, tembellere ve serserilere özgü bir ders..."

Okul!..

Ne zaman sona erecekti bu dert? Yakında on dört yaşımı bitirecektim, bademcik ameliyatı olduğumdan beri de daha büyük gösteriyordum. Yaşımdan büyük görünmek için, yüzümü hayran hayran seyrettiğim aynanın karşısından ayrılamıyordum. Sivilcelerin önemi yoktu, çünkü zamanla kayboluyorlardı. Asıl kötü olan burnumdu. Mosmor küçük bir patatesi andıran burnum iğrençti. Evet, iğrençti, çünkü küçük gözlerimle, kıvırcık saçlarımla, güçlü boynumla ve Potengi Irmağı'nda gizli gizli yaptığım yüzme antrenmanları nedeniyle göğsümün aldığı görünümle hiç ilgisi yoktu. Ama ne burun... İnsanların neden burnu vardı ki? Amcamın burnu tam bir papağan gagasını andırıyordu, ama hiç değilse gerçek bir burundu onunki. "Dört Kadın" adında bir kitapta dansla ilgili bir şey okurken kızlardan birinin inceltmek için burnuna mandal taktığını öğrenince daha da beter olmuştum. Ben de aynı şeyi yapmış ve patates yerine bu kez dolmalık biber gibi bir burunla kalmıştım. Utancımdan yemeklerde ev halkının yüzüne bakamıyordum.

Okul!..

Hazırdım. Formamı giyip kitapları kaptım.

"Tramvaya bin!" diye tembih ediyorlardı.

Ne tramvay ne başka bir şey. İki yüz *réis*'i[1] saklıyor, yokuşu yürüyerek çıkıyordum. Parayı teneffüste hindistancevizli dondurma almak için kullanacaktım. Junqueira Aires Sokağı'nın yokuşunu uçar gibi çıkıyordum, çünkü Saray Meydanı'na vardığımda Tarcísio Medeiros'la buluşacaktım ve birlikte Ieda'nın evinin önünden geçecektik. Ne güzel kızdı Ieda. Yaşı bizden büyüktü ve benim kuzenlerimden ikisiyle flört ediyordu. Hatırlıyorum da onu ilk kez bir köşeye sıkıştırdığımda –sanıyorum ilk ve son oldu– ne söyleyeceğimi bile bilmiyordum, ama sonradan kendimi tam bir erkek gibi hissetmiştim. Ieda uzaktan bakıp el sallıyor, akşam kahvaltısı için götürdüğüm *sapoti*'yi[2] yiyordu. Ieda'nın bir anda pencereden kaybolduğu çok oluyordu: Annesi içeri çekiyordu onu. O zaman ben de bir koşu tutturuyordum.

1. (Port.) Brezilya'da para birimi.

2. (Port.) Güney Amerika'da yetişen bir ağacın lezzetli meyvesi.

Heyecan içinde, Tarcísio'yu meydanda bekliyordum. İşte geliyordu. Sıska, esmer, sessiz, iyi huylu. Deli gibi kıskanıyordum onu. Formasının geniş paçalı pantolonu öyle şıktı ki. Oysa benimkiler daracıktı, biraz da kısaydı. Tahtaya kalktığımda hasımlarımın yorumları gelirdi kulağıma:

"'Düdük' pantolonlu! Çorap gibi bacaklarına yapışmış! Şıklığına diyecek yok!"

Ama onlar ne derlerse desinler, *Marista*[1] rahipler tarafından kayırıldığım da bir gerçekti. Durmadan benden söz edip zekâmı öve öve bitiremiyorlardı: "Bu çocuk adam olacak..." "Her şeyi ne de kolay öğreniyor..."

Tarcísio, karşıdan ağır ağır geliyordu.

"Matematik sınavı ne olacak, Zé?"

Hay Tanrı, matematik! En zayıf noktamdı bu; bütün aldığım cezaların nedeniydi, sinemayı kaçırmamın, futbol maçına sokulmayışımın nedeniydi. Gerçi futbolu pek kötü oynuyordum, ama oynamaya da bayılıyordum. Yüzmede ise üstüme yoktu.

"UYANSANA Zé! Matematik dedim."

"Son sınavdaki gibi yaparsak sorun yok..."

"İstediğin soruyu çıkartabilecek misin?"

"Biraz zor olacak. Peder Feliciano çok kızgın."

"Bir şey yapamaz mısın?"

"Yüzmeye gitmek için dersten kaçtığımı, ailemin de bunu istemediğini biliyor ya, bir daha kaçmayacağıma söz veririm, o da kutudaki soruyu değiştirir."

"Peki sözünde duracak mısın?"

"Deli misin? Sınavı verene kadar dururum; sonra yine giderim yüzmeye."

"Ama öbür sınav gelince o da sana inanmaz."

1. Eğitimle uğraşan dinsel bir kurumun üyesi.

"Öbürünü nasıl yapsak olur. Çünkü bu seferki üçüncü yoklama. Üçünden iyi not alınca dördüncüsü kötü bile olsa geçeriz."

"Kutudaki sayılar değiştirildiği halde nasıl oluyor da istediğimiz gibi çıkıyor, Zé?"

"Ben gördüm nasıl olduğunu. Diyelim ki on iki soru var, hepsinin numarası çalıştığımınkiyle aynı. Kuradan sonra Peder Feliciano kutuyu alıp asıl soruları koyuyor."

"Ya günün birinde ortaya çıkarsa?"

"Yok canım. Onun olduğunu kimse anlamaz. Sayılar değişik bir yazıyla yazılmış. Sen onu aptal mı sanıyorsun?"

"Neden seni bu kadar seviyor?"

"Çünkü beni küçüklüğümden beri tanıyor."

"Beni de küçüklüğümden beri tanıyor."

"Öyleyse sen benim kadar güzel değilsin de ondan. O bana kendi oğluymuşum gibi davranıyor. Hiç kimse çirkin bir oğlu olsun istemez."

"Vay canına, amma da kendini beğenmişsin!"

"Kadınların gözünde ne kadar sükseli olduğumu görmedin mi yoksa?"

"Aman ne müthiş kadınlar!"

"Değiller ama olacaklar, görürsün bak! Bahçedeki banka oturalım mı?"

"Oturalım. Ama saat gelmedi mi?"

"Daha on dakikamız var. Sonra koşarız. Peder Amadeu'nun dersi var; geç kalana kızıyor."

Yabaninciri ağacının minik toplarını potinlerimizin altında eze eze yürüdük: paf-paf-paf-paf. Gidip oturduk.

Katedralin kulesindeki bayraklara baktık. Bayrakları gördüm mü hayal kurmadan edemiyordum. Günün birinde Yabancılar Lejyonu'na gidecektim. Bayraklar özgürlük ve hayat demekti. Limanın dışında kalan gemilere yardımcı olmak için kulede nöbet tutan izcilerle arkadaş olmuştum. Yeniden Yabancılar Lejyonu'nu düşünüyordum. *Beau Geste*[1] filmini görüyordum, bölüm bölüm.

"Kolayı var, Tarcísio. İnsan bir suç işler ve oraya kaçar. Yabancılar Lejyonu'nda kimse kimsenin geçmişinden rahatsız olmaz."

"Oraya yazılabilmek için şu anda tanıdıklardan hangisini öldürürdün? Söyle bakalım..."

"Müdür olan rahibi. Şu Peder José'yi hiç sevmiyorum. O iblis herif, matematikten hiçbir şey öğrenmiyorum diye bana söylemediğini bırakmıyor."

"Peki onu nasıl öldürürdün?"

"Kimya sınıfındaki o mavi zehirle. Birasının içinde eritirdim."

"Evet ama kimya sınıfındaki dolapların hepsi kilitli."

"Öyleyse onu kilisenin kulesinden aşağı iterdim. Çanların bulunduğu büyük pencerenin üzerindeki küçük pencerenin oradan."

"Peki koca göbekli şişko bir ihtiyar kulenin merdivenlerini nasıl çıkacak? Bütün basamakların kırık olduğunu görmedin mi? Öyle yerler var ki insanın kenardan çıkması gerekiyor, altı basamaklık boşluk bile var."

"Sen de her şeyi berbat edersin."

"Allah Allah, öldürmekten söz eden sendin..."

"Ne yazık. Peder José ölseydi üç gün tatil yapardık. Ama nerede bizde o şans. İki yıl içinde okulu bitireceğiz. O moruk öyle sağlıklı ve neşeli ki, öleceği falan yok."

Sustuk. Bayraklar öyle çekiciydi ki gözümü ayıramıyordum. "Coğrafya, tembellere ve serserilere özgü bir ders."

1. Sinemalarımızda *Gönüllü Kahraman* adıyla gösterilmiş, William A. Wellman'ın yönettiği 1939 yapımı bir ABD filmi.

"Zé, sana anlatacağım bir şey var, ama pazar gününe kadar anlatacağımı sanmıyorum."

"Neden pazar? Yürürken bir yandan anlat."

Kalkıp yürümeye başladık.

"Pazar günü annen eve gitmene izin verir de mango ağacına tırmanırsak konuşuruz. Kimsenin öğrenmesine gerek yok."

"Pazara daha çok var. Üç gün geçmesi gerek. Seninkini anlatırsan ben de sana şaşılacak bir şey söylerim."

"Pekâlâ. Okul bittiğinde ne olacağını düşündün mü?"

İster istemez ters bir hareket yaptım. Daha birkaç gün önce babam beni muayenehaneye çağırmış, ben de gitmiştim, kafam iyice karışmış olarak. "Eminim erkeklerle ilgili şeyler soracaktır bana, erkek erkeğe konuşmak isteyecektir, oysa babamla bu konuda konuşmaktan çok utanırım." "Günün birinde sen de baba olduğunda..." Keyfim kaçıyordu, çünkü insan büyüyordu ve ne yazık ki ben de herkes gibi baba olacaktım, çocuklarımla aynı can sıkıcı tarzda konuşacaktım. Oysa babam bana Tarcísio'nun sorduğunu sormuştu: Liseyi bitirdikten sonra ne yapacaktım? Aman Tanrım, bunu hiç düşünmemiştim bile. Sadece üç gün olmasına rağmen pazara daha çok vardı... Babam, sorunu kısa zamanda çözümleyebilmem için olanaklarımı ve eğilimlerimi tartarak bu konuyu artık düşünmeye başlamamı istiyordu. Aslında benim yüzmekten başka düşündüğüm bir şey yoktu, yüzmek, güneşlenmek ve özgür olmak. Kuşkusuz o, benim doktor olup muayenehaneyi devam ettireceğimi düşünüyordu. Ben, doktor ha? Başkalarından hastalık kapmak, yaraları ellemek, pis kokular duymak... *Marista* pederler de benim dinsel eğilimlerim olduğunu sanıyorlardı. Hiç ilgisi yoktu. Ayinler benim için gittikçe daha sıkıcı, tekdüze, birbirinin eşi, anlamsız olup çıkıyordu, tıpkı emilmekten hiç tadı kalmamış bir şekerkamışı parçası gibi... Ben hiç, ama hiçbir şey olmak istemiyordum. "Coğrafya, tembellere ve serserilere özgü bir ders." İşte o zaman içime hüzün gibi bir şey çöküyordu, çünkü ufukta benim için başarısızlığa benzer bir şey görünüyordu. Herkes artık geleceğini düşünerek planlar yapmaya çalışıyordu, bense hiçbir şey düşünmüyordum...

"Bu konuda ne düşündün?"

"Hangi konuda?"

"Geleceğin konusunda."

"Düşünmeye başlamak üzere gibiyim. Ya sen?"

"Ben seni bilirim. Hiçbir şey düşünmedin, düşünmek istediğin de yok. Biz ikimiz kardeş gibi olduğumuza göre sen de benimle gelebilirsin..."

"Şimdiye kadar nereye gideceğini söylemiş değilsin, şimdi de beni yanında götürmeye kalkıyorsun."

"Denizaltıya ne dersin?"

Gerçekten şaşırmıştım. Her zaman öyle sakin, öyle iyi huylu olan Tarcísio'ya baktım.

"Doğru söylüyorum. Denizaltılarda çalışacağım. En büyük hayalim bu."

"Korkmuyor musun? Ne zamandan beri bunu düşünmeye başladın da bana anlatmadın, haa! Demek bu yüzden kaç gündür öyle esrarengiz havalarda dolaşıyordun..."

"Benimle gelmez miydin? Harika bir şey olsa gerek. Denizin dibine inmek, bambaşka bir dünyaya."

"Evet, ama Richard Dix'in filmini görmedin mi? Hani orada aşağıda kalıyor. Herkes havasızlıktan mahvoluyor. Yok, ben gitmem."

"Ama sen yüzmeyi sevmiyor muydun?"

"Yüzmek başka şey, boğularak ölmek başka. Hem denizaltılarda işe girmek için ne yapmak gerekiyor?"

"Deniz Kuvvetleri'ne giriliyor."

"Peki bizim donanmada denizaltı var mıymış?"

"İşte en sinir bozucu yanı da bu. Hiç kimse bilmiyor. Cascudinho mutlaka biliyordur. Gidip ona soralım mı?"

"Ama ona sorarsak sırrımızı öğrenmiş olur."

Büyük sorunlarımız bizi üzüyordu.

Ben Peder José'yi öldürmeyi düşünüyordum ama kolay iş değildi bu; Tarcísio denizaltıcı olmak istiyordu ama Brezilya'da denizaltı yoktu...

Katedralin saati sekiz buçuğu vurmuştu.

"Hadi gidelim, Zé, evdekiler geciktiğini öğrenirlerse pazar günkü denizi kaçırırsın."

Daha hızlı yürüyorduk.

"Peki sen ne anlatacaktın bana?"

Her zamanki utanmazlığım içimi sarmıştı yine.

"Ben de senin gibiyim, Tarcísio. Artık erkek oluyorum. Buramda tüyler çıkmaya başladı bile. O incecik sarı tüyler artmaya başladı."

"Öyle olur. İnsan farkına bile varmadan birdenbire orman gibi oluverir."

"Sen değiştiğinde farkına varmış mıydın?"

"Hayır."

"Ben de. Yani çok geçmeden çocuk sahibi olabiliriz anlamına mı geliyor bu?"

"Hadi gidelim, Zé."

Adımlarımızı sıklaştırdık.

"Bir şey daha var."

"Neymiş o?"

"Evdeki hizmetçi kız, mutfaktaki lambayı temizlemek için iskemleye çıkmıştı. Kalçaları öyle kocamandı ki..."

"Sınıfa gidelim, Zé. Don Arturo'nun büfesinin oradaki kestirmeden gidersek yolu kısaltabiliriz."

"Aman oradan gitmeyelim, Tarcísio."

"O kızdan mı korkuyorsun?"

"O kız inanılır gibi değil. Bir keresinde evinin önünde durup onunla kavga ettim: 'Bana bak, sümüklü!' dedim. 'Belanı arama, annene anlatırım ha! Her geçişimde bana sataşmaktan vazgeç!'"

"O ne dedi?"

"Elleri çenesinin altında, hiç istifini bozmadan pencerede durdu ve, 'Ne güzel şeysin,' dedi bana. Ne zaman geçsem beni orada bekliyor, gözleriyle, gülümsemesiyle bana aynı şeyi söylüyor: 'Ne güzel şeysin.' Günün birinde gidip babasıyla konuşacağım."

"Peki ne diyeceksin ona?"

"'Bakın, beyefendi, kızınız daha on yaşında yok, kendini erkeklere göstermekle geçiriyor gününü,' diyeceğim."

"Aman ne müthiş erkeksin. Öyle şey yapılmaz. Adı ne kızın?"

İçimi büyük bir merak kapladı. Delikanlılık kibri işte. Kızın adını hiç sormamıştım.

Aceleyle kestirme yola girdik. Kız oradaydı. Bu kez kaldırımı değiştirmedik. Kararlı bir tavırla pencereye kadar gittim. Kızın dağınık saçlarına baktım. Yüzünde iki gamze gördüm. Gülümsemesinin etkisiyle kara gözleri küçülüyor, görünmez oluyordu. Bu kez Tarcísio yanımda olduğu için benim ne güzel olduğumu söylemeyecekti. Gözlerinin içine dimdik bakarak durdum, ses çıkaramadım...

2

Birkaç yıl sonra

"Ne çılgın bir yaşam sürüyorsun, Zé!"

Ayakkabılarımı çabucak çıkardım.

"Yeniden çocuk olduğumuzu hayal et, Tarcísio," dedim.

Bir atlayışta yaşlı ağacın ilk dalına tutundum.

"Nasılsın, mango ağacı?"

Kahkahalar atarak dalda sallanıyordum.

"Çocukluk! Çocukluk, hayatta gördüğüm en talihsiz, en korkakça şey. Benimkini neyle olsa değişirdim."

Barfiks yapar gibi vücudumu gerip daldan dala atladım.

Tarcísio da aynı şeyi yapıyordu.

"Bizim dalımıza ne oldu, Tarcísio?"

"İşte şuradaki."

"Nasıl olur? Sanki küçülmüş."

"Bizim gözlerimiz büyüdü de ondan."

Dalın gövdeye bitiştiği yere bindim, mango ağacının pırıltısız yapraklarını seyre koyuldum. Yakında artık meyve vermez olacaktı. Yaşlanmıştı. Hayatta olması artık bir işe yaramadığından, birkaç yıla kalmadan acımasız bir balta onu yere devirecekti. Zavallıcık. Böyle düşünmek ne kötü. Bizler de daha yaşlanıyorduk.

Düşüncelerimi okuyan Tarcísio beni suçlar gibiydi.

"Artık on dokuz yaşındasın, Zé. Başka türlü davranmalısın."

"Ben hiçbir şey olmak istemiyorum. Bende serseri ruhu var. Beni sevmek isteyen, olduğum gibi kabul eder."

"'Coğrafya, tembellere ve serserilere özgü bir ders.'"

"Yeter. Onu söyleyen kimse artık burada değil."

Tarcísio'nun esmer yüzüne bakarak neşeyle güldüm. Artık bıyığı vardı. İnce, siyah bir bıyık.

"Ben bıyık bırakacak olsam sarı bir çizgi olurdu. Çini mürekkebiyle boyamam gerekirdi."

"Biraz ciddi konuşalım, Zé. Gerçekten okulu bırakacak mısın?"

"Tabii."

"Peki ne yapmayı düşünüyorsun?"

"Yabancılar Lejyonu'nu düşünmeye devam ediyorum."

"Yalnız artık kendine başka bir kurban bulmalısın: Peder José öldü."

Yüzünden üzüntülü bir görünüm geçti.

"Okulun tatil edilmesi bile bize rastlamadı."

"Öyle söyleme. Zavallı, ihtiyar iyi adamdı."

"Hiç de değil. Tanrının cezası moruk bize hiç durmadan bağırırdı. Çocukluğumuzda terör havası estirirdi. Bir Paskalya'da kutsal cuma günü, sırf nişancılığını denemek için bekçi köpeğine nasıl ateş etmişti hatırlıyor musun? Zavallı hayvancık sevinçle uzaktan geliyordu, bize yaltaklanmak için. Kurşun bum diye suratının ortasında patladı... Neresi iyiydi o herifin?.."

"Ölünün arkasından böyle konuşma."

"Bu da dayanamadığım bir başka şey. Sırf öldü diye birinin aziz olup çıkması."

"Seninle ne tartışmak istiyorum ne de kavga etmek."

"Öyleyse bana bir sigara ver."

Sigarayı yaktı. Bir nefes çekip dumanı havaya savurdu.

"Ne hayvansın. Her şeyi berbat ettin. Ben yeniden çocuk oluyordum. Artık senin denizaltılarından bile söz edemeyiz."

"Benim denizaltım, parasızlıktan iki yıl boyunca kesintiye uğrayacak olan küçük bir hukuk sınıfına dönüştü. Şimdilik biraz para biriktirip eğitimin daha ucuz olduğu Fortaleza'da yeniden okumaya başlamak için Sağlık Koruma'da çalışmam gerekiyor."

"İşinden hoşnut musun? Laguna Seca Mahallesi'ndeki saçları oksijenli sarışını hatırlıyor musun? Şu şeyin sevgilisi... adını unuttum. Biliyor musun, sigarayı bırakmam gerekiyor."

"Bir defada tek bir şeyden söz et, her şeyden aynı anda değil."

"Tüh, eskiden senin geniş paçalı pantolonlarını deli gibi kıskanırdım. Şimdi de sendeki sakinlik ve mantık bende yok diye üzülüyorum. Olacak şey değil. Biliyor musun? Sigarayı bırakacağım, çünkü yüzme antrenmanlarıma yeniden başlıyorum."

Yüzmek, evet, bu harika bir şeydi. Vücut kayarak ilerliyor, ilerliyor, sanki her su damlası, sevgili bir dostmuş gibi, garip bir rahatlık duygusuyla dolduruyordu insanın içini.

"Galiba bende yerli kanı var. Saat kaç, Tarcísio?"

"Üçü çeyrek geçiyor. Neden sordun?"

"Hiç. Marista okuluna kadar şöyle bir uzansak diye düşünmüştüm."

"Gidelim mi?"

"Peder Feliciano ile Peder Ambrósio'yu görmekten korkuyorum."

"Gidiyor muyuz?"

"Hadi gidelim."

Mango ağacından çabucak indik.

"Bir hastalık kapmazsak iyidir."

"Ayakkabılarını giymeden önce ayaklarını yıkamak istemez misin?"

"Fikrimi değiştirmeden gidelim. Ayağımıza bir parça çamur bulaşması, günün birinde toprak olacağımızı hatırlatır."

Ellerimi kokladım.

"İnsanın ellerinde kalan bu meyve kabuğu kokusu çok hoş."

"Hiç dikkat etmemiştim."

Akşam olduğunda, küçük meydandaki sıralardan birinde otururken karmakarışık düşünceler geçiyordu kafamdan. Her şeyi aynı anda düşünmek, hiçbirine gereken zamanı vermemek, ne kötü bir huydu.

Birkaç küçük fıskıyenin bulunduğu, mozaikle kaplı büyük meydan. Çimentodan yapılmış beyaz sıralar vakit erken olduğundan henüz boş: saat akşamın yedisi. Ah! Natal korkunç bir kentti, bir felaketti. Çalışayım desem yapacak hiçbir iş yoktu. Param azdı, babamdan azıcık bir harçlık alıyordum. Her gün çarşıda alışverişi ben yapıyordum, annem de bu iş için adam tutsa ne kadar vermesi gerekiyorsa o kadar veriyordu bana. Geleceğimi karanlık görüyordum, ayakkabılarım yıprandığında ya da giysilerim... Bir rüyanın ardına sığınmak için tıp fakültesini bırakmamı kim istemişti ki benden? Hiç kimse. Ama sevimsiz bir okula para ödemek, okulda gözetmenlik yapmak zorunda olmak, özel ders vermek, işçi eğitimi merkezlerinde okuma öğretmek çok aptalcaydı. Recife kenti de sıcaktan kavruluyor, yağmur yağdığında pis kokuyordu. Sade o olsa iyi; Rua da Praia'daki dükkânların karşısında, San José Çarşısı'nın yanındaki pansiyonda soğan, tuz, deniz ve yosun kokusu birbirine karışıp iğrenç bir koku yaratıyordu. Geceleri yorgunluktan bitkin yatarken tahtakurularının oradan oraya dolaşmalarını duyardım: İnsan kendini odadan koridora atacak hale geliyordu. Öğle yemeğinde, kaskatı bifteğin üzerinde hareket halinde hayvancıklar görünüyordu; akşam yemeğinde de, içi tortu dolu su gibi bir fincan kahvenin yanında bir Sao Tomé muzu ya da bir parça peksimet. Olacak şey değil. Çocukluğumda hiç değilse sevgi ve arkadaşlıklar vardı.

Derin derin iç geçirerek burnumu siliyor, kendimi dünyanın en talihsiz insanı gibi hissediyordum. Ya Balıkçılık Şirketi? Geleceği olan, garantili bir yer miydi? Hepsi hayal. Balıkçı teknesi alacak para yoktu. Sonuç olarak herkes bana serseri gözüyle bakıyor, hayatı ciddiye almamakla suçluyordu. Onlara bakılırsa üzüntülerim "tatlı bir tembellik"ten öte bir şey değildi. Birden gülümsüyordum. Bütün bunlarda bir gerçek payı olmadığını kim söyleyebilirdi? Her iş, her uğraş tekdüzeliğiyle beni hemen sıkıyordu. Bacaklarımı kaldırıp sıranın üzerine koyarken içimdeki can sıkıntısı gittikçe artıyordu. Gerçekten umutsuzdum. Yaşım yirmiye yaklaşmıştı ve hiçbir işe yaramıyordum... Ölsem daha iyiydi. Yüzerek denize açılmak, yorulana kadar yüzmek. Sonra, gözlerimi yiyen yengeçlerin üşüştüğü cesedimi, suyun üzerinde yüzer bir halde bulurlardı. İşte o zaman ölenlere karşı duyulan o sevecenlikle şöyle derlerdi: "Ne iyi çocuktu, ne güçlü, ne yakışıklı."

Yine derin derin içimi çekiyordum ve yeniden gülmek geliyordu içimden; çünkü okulu hatırlıyordum; Peder Ambrosío'nun Portekizceden hak ettiğim yüz yerine yetmiş verdiği zamanı. Hiç o kadar ağlamamıştım, hem de o zamanlar on beş yaşımı bitirmek üzere olduğum halde. Hınzırlık, aptallık, eziyet. İskelet gibi sıska o kaba herif, beni bütün sınıfın önünde küçük düşürmek için yapıyordu bunu. Bunun üzerine, o gün öğleden sonra kalkıp kumsala gitmiştim. Giysilerimi kumun üzerinde bırakıp yüzerek açılmıştım. Koskoca dalgalarla kabaran ılık denizde yüzüyordum. Üzüntümün içinde her şey ölüp gidiyordu. Her bir kulaç son derece hüzün verici bir kararı vurguluyordu. Kimseye herhangi bir açıklama bırakmamıştım. Ölecek olan kimse böyle şeylerle yormuyordu kafasını. Açık denize doğru yüzüyor, giderek açılıyordum. Hiç durmadan yüzecektim, yorulana kadar, bir köpekbalığı saldırana kadar, neredeyse gece olana kadar. Petrópolis'teki korkuluğun küçük ışıklarını görmek için dönüp arkama bile bakmayacaktım. Okulda dersleri kesecekler, benim için dua edeceklerdi, çünkü kimse kendimi öldürdüğümden emin olamayacaktı. İçimdeki hüzün kollarımdaki yüzme isteğini artırıyordu. Kumsal uzaklarda kalmıştı, evler küçülmüş, minicik olmuştu. Koskoca, mavimsi deniz vücudumu sallıyor, uzaklardaki kum tepelerini bir yukarı çıkarıyor, bir aşağı indiriyordu. Yüzmeyi sürdürmek zorundaydım, yoksa içimdeki ölme isteği zayıflayabilirdi. Elveda Concepción, Valdivia, María Lourdes, Marli, María Apolonia, Ieda... Neredeyse on beş yıllık acı yaşamımın bütün o büyük aşklarına elveda! Elveda Carmen! Onun Bahíalı kıyafetiyle çekilmiş resimleri geliyordu gözümün önüne, kendisini uzaktan da olsa onca seven benim gibi bir erkeğin varlığından haberi bile yoktu. Odamın duvarlarının her bir köşesini süsleyen Carmen Miranda'ya elveda!

Kollarım yorulmaya başlıyor, soluğum giderek sıklaşıyordu. Parmak uçlarımın soğuktan büzüldüğünü hissediyordum. İşte o sırada avaz avaz bağıran bir ses duydum, henüz Tanrı'nın sesi falan değildi:

"Delikanlı! Çıldırdın mı? Nereye gidiyorsun?"

Önümde bir balıkçı salı sallanıyordu. Onlara doğru yüzüp sala çıktım. Balıkçılar şaşkın şaşkın bana bakıyorlardı.

"Ne oldu sana, delikanlı?"

Şaşkınlıklarının arttığını ancak o zaman anlayabildim, çünkü denize anadan doğma atlamıştım. Kendimi öyle yorgun hissediyordum ki soluk alıp konuşmakta zorluk çekiyordum.

"Ya seni bir köpekbalığı yakalarsa, delikanlı?"

Gözlerimi önüme indirdim, salın sallanmasından başım dönüyordu. Hayal kırıklığım yavaş yavaş geçiyordu.

"Canım öyle yüzmek istedi ki... Bu kadar uzaklaştığımı fark etmedim."

"Giysilerin nerede?"

"Orada, kumsalda. Bu sal ne yana gidiyor?"

"Ponta Negra'ya geri dönüyor."

"Orası çok uzak."

"Geri dönmeye korkuyor musun?"

Elbette korkudan ödüm patlıyordu. Ama belli etmemeye çalışarak güldüm.

"Yo."

"Nereden başladın yüzmeye?"

"Praia do Meio'dan."

"Öyleyse seni o yöne doğru götürürüz. Sonra suya atlar, kendini yükselen akıntıya bırakırsın. Ama hadi acele et, çünkü hava kararıyor."

Sal suyun yüzünde kayıyordu, utanarak önümü kapamak için bacaklarımı topladım. Onca çabalamaktan damarlarımdaki kan yoğunlaşmıştı sanki. Çaresi yoktu, ağır ağır da olsa bütün o mesafeyi almak zorundaydım.

Balıkçılardan biri gülerek yüksek sesle şöyle dedi:

"Düşünsenize, ya kumsalda giysilerini çaldılarsa..."

Aman Tanrım, bu aklıma hiç gelmemişti. Yorgun vücudumun hareketlerini hızlandırmam için karanlığın bastırmasıyla köpekbalığından başka bir nedenim daha vardı artık. Gözlerimi sımsıkı yumuyor, derin derin soluk alıyordum. Rüzgârın ısırıcı soğuğu salın üzerinde daha da artıyordu.

"Hadi, delikanlı. Atla bakalım!"

Teşekkür edip atladım. Yükselmekte olan denizin üzerinde, ufku giderek karartan akşam karanlığında sal bir anda uzaklaşmaya başlamıştı.

Petrópolis'in korkuluğuyla birlikte kentin ışıkları daha parlak görünüyordu.

Attığım her kulaçla bir *Ave Maria* okuduğumu hatırlıyorum. Öyle korkmuştum ki. Her yanımdan balıkların yaklaştığını hissediyordum. Ölme isteğim geçmişti. Ağzımda kan tadı, bacaklarım tir tir titreyerek kumsala yığıldım.

Giysilerim çalınmamıştı.

Karanlık iyice bastırıyordu, benimse giyinip eve dönecek cesaretim yoktu. Ama mademki yaşıyordum, daha da büyük acılara katlanmak zorundaydım.

Salona girdiğimde bütün aile akşam yemeğindeydi. Annem beni azarladı:

"Yemeğe saatinde gelsen olmaz mı?"

"Yemek yemek istemiyorum."

"Neden? Bir şeyler ye..."

Başıma önüme eğip salonu geçtim, merdiveni çıkıp odama gittim. Ne insanlardı yahu. Ben neredeyse ölüyordum, hiçbirinde sevginin katresi yoktu.

Pijamamla banyo havlumu aldım. Vücudumdaki tuzu, ruhumdaki kırgınlığı yıkayıp temizlemek istiyordum.

Daha sonra, penceresi ardına kadar açık odamda soluk bile alamıyordum bir türlü. Ağzımı yarı aralık bırakan o korkunç yorgunluğa rağmen.

Merdivende ayak sesleri ve babam odama giriyordu, ciddi bir yüzle.

"Ne oldu oğlum? Neden yemek yemedin?"

"Yok bir şey."

Ağlamamak için gözlerimi başka yöne çevirdim. İçimden kollarına atılıp ona her şeyi anlatmak geliyordu. Ama cesaretim yoktu. Bana hiçbir zaman istediğim gibi davranmazdı. Kız kardeşlerime, evet.

"Neden bana anlatmıyorsun?"

Gür sakallı güzel yüzü, pembe yanakları. Babam. O anda o evden hemen çıkıp, şefkat arayıp sevgi dilenerek tam bir serseri gibi oradan oraya dolaşmak geldi içimden. Serserilerin uçsuz bucaksız coğrafyası umurumda bile değildi.

"Fazla yüzdüm de. Yorulmuşum."

"Pijamanın ceketini çıkar. Ayağa kalk."

Yüzünü göğsüme dayayarak yorgunluğumun nedenini araştırdı.

"Kuvvetli nefes al."

Dediğini yaptım. Sevginin bu biçimi tuhafıma gidiyordu, ama babamı bütün ömrüm boyunca böyle yakınımda tutmak istiyordum.

"Sırtını dön."

Yüzünü bu kez sırtıma dayadı.

Doğruldu.

"Ne yaptın?"

"Fazla yüzdüm. Neredeyse soluk alamıyorum."

"Bir yerin ağrıyor mu?"

"Şurası, göğsümün üstü ağrıyor."

Babam beni yeniden dinledi, bu kez daha uzun uzadıya. Tek bir beyazın görünmediği simsiyah, düz saçlarına bakıyordum. Belki de sarışın olduğum için sevmiyordu beni. Nedeni bu olmalıydı. Hayır, başka bir neden olmalıydı. Ben hiçbir işe yaramıyordum.

"Sağır mısın?"

Başını kaldırıp birkaç saniye şaşkınlıkla baktı bana.

"Daha hızlı nefes al, diye iki kez söyledim sana."

Yeniden muayene etti beni.

O anda keşfettiğim şeyi düşündüm: Hasta olduğumda babam bana ilgi gösteriyordu.

Neyim olduğunu anlayıp doğruldu, göğsüme hafifçe vurarak güldü.

"Hiçbir şeyin yok. Yalnızca yorgunluk. Yarına kadar düzelmezsen bir röntgen çekeriz."

Odasına kadar gidip elinde haplarla döndü.

"Şunu al, iyi uyursun..."

"İyi akşamlar, Zé."

Tarcísio karşımda durmuş bana bakıyordu. Küçük meydandaki lambaların hepsi yanmıştı, çoğunluğu âşık çiftler olmak üzere bazı kimseler ayakkabılarını eskitip vakit öldürmekteydi.

"Otursana. Ne oldu?"

"Okula yaptığımız ziyaret canımı sıktı."

"Fark ettim."

"Peder Ambrosío'nun böyle bir şey yapmasına gerek var mıydı?"

Olanlar yine gözümün önünden geçiyordu. Hayatta mutluluk veren bir şeyle her karşılaşıldığında insanın içinde yeniden doğan o sevinçle girmiştim okula. İlk önce, her şeyi beğenen Peder Feliciano'nun neşesiyle karşılaşmıştım. Aman ne kadar büyümüş, ne kadar güçlenmiştim; gerçi ruhumla ilgili pek fazla bir şey söylemiyordu ya. Sonra merdivenden ağır ağır inen Peder Ambrosío'nun o tertemiz, lekesiz cüppesi. İnsanı daha başından azarlamaya hazır, soru dolu bakışları.

"Ee, Seu[1] Zéca?"

1. (Port.) Bay.

"İşte buradayım."

"Öğrenimi yeniden bırakmışsınız."

"Başka çarem yoktu."

Peder Ambrosío, Tarcísio'ya baktı ve çocukluğumuzdan beri tanıdığımız o sinirli hareketiyle mavi gözlerini kısarak gülümsedi. Yumuşak konuşma tarzına rağmen sesinde zalim bir hava vardı.

"İşte, fakültenin kapısında bıraktığım ve hiçbir işe yaramayan çocuk."

Gözlerimi öfkeyle indirdim. Hayatım boyunca böyle olmuştu. Peder Ambrosío, çalışayım diye gururumu kamçılar, kibrimi mahmuzlardı hep; ama artık fazlasıyla büyüdüğümde, heveslerime sert tepki göstererek, beni küçük düşürmeye kadar vardırmıştı işi.

"Ya şimdi, küçükbey? O Balıkçılık Şirketi'nden ne haber?"

"O iş sonraya kaldı. Başaramadım."

"Öyleyse ne yapıyoruz?"

Ona hakaret etmek, yaşantılarım hakkında hesap vermek zorunda olmadığımı söylemek geliyordu içimden. Neredeyse yirmi yaşımı bitirdiğimi, artık koskoca adam olduğumu... sevgililerim olabileceğini, zührevi hastalıklarım, her şeyim olabileceğini... Ama susuyordum. Birdenbire onu deli edecek bir şey geldi aklıma.

"Kendimi tiyatroya vereceğim. Rio'ya gideceğim. Sinema artisti olacağım ve..."

Tarcísio dolaşmamızı öneriyordu.

"Hadi gel bir tur atalım."

Acele etmeden yürüdük.

"Senin için kaygılanıyorum, Zé."

"Merak etme, hepsi geçer. Günün birinde kafam bozulacak, yok olup gideceğim, ortadan kaybolacağım."

"Bu, hiçbir şeyi çözümlemez."

"Herkesin beni eleştirmesi de bir şeyi çözümlemez.

'Avare' sözcüğünü yutmak insanı şişmanlatsaydı ben yusyuvarlak olurdum. Evde avare, okulda avare; arkadaşlarım hep beni gözlerler, söylemeseler bile öyle düşünürler."

Coğrafya, gözümün önüne haritalar seriyordu. Mato Grosso eyaleti. Cangıl. Goiás eyaleti. Cangıl. Yerliler. Cangıl. Bananal Adası, dünyanın en büyük ırmak adası. Cangıl. Aman Tanrım! Öleceğim, öleceğim, yok olacağım. Ne talihsiz bir yaşam, ne acı ve mutsuz!

"Neden kendine bir iş bulmuyorsun?"

"Nasıl bulayım? Yedek asker karnem yok, muvazzaflık yaşım da geçti, CPOR[1] da yalnızca Recife'de var. Kurayı beklemem gerekiyor."

"Bunu neden daha önce düşünmedin?"

"Düşünmedim işte. Ne olmuş yani?"

Yine hayallerime dönüyordum. Bir kamyon alıp cangılı geçecek, kanoyla ırmaklardan inecektim. Yüzüme vuran güneş. Özgürlük. Muşamba örtü. Yükselen ateş. Sıtmanın getirdiği sayıklamalar.

Uzaklarda bir çiftlikte ölecektim, kimseyi rahatsız etmeden. Hiç kimseyi. Tek başıma. İşte bu kadar. Bu korkunç hayattan kurtulacaktım.

Ama insanın on dokuz yaşındayken duyduğu hüzün, hayatın güzelliklerini görmesini engelleyecek ya da önünden hoş bir kızın geçtiğini gördüğünde on dakikadan fazla sürecek kadar trajik olmuyor. Gözlerim ışıl ışıl yanmıştı.

"Şu yavru da kim, Tarcísio?"

"Tahmin et."

"Nereden bileyim. Daha yeni geldim. Buraların acemisiyim."

"Bilmiyor musun? Gerçekten bilmiyor musun, Zé?"

1. (Port.) Centro de Preparação de Oficiais da Reserva: Yedek Subay Hazırlık Merkezi.

"Yemin ederim ki bilmiyorum."

"Silvia o. Hani şu kestirme yoldaki."

"Olamaz!.."

"Evet, ta kendisi."

"Ne güzel şey öyle!"

"Ne yapmayı düşünüyorsun?"

"Ne yapıp edip onun yanına gitmeyi."

"Yok canım, ben senin planlarını soruyorum. Ciddi şeylerden söz ediyorum, Zé."

Bir kahkaha attım.

"Saçmalama. İlk fırsatta asılacağım ona."

3

Aşk

Aynanın önünde ıslık çalıyordum. On dokuzundaydım, neredeyse yirmi.

Artık erkektim. Saçımı tarıyordum, şurasıyla oyalanarak, burasını düzelterek. Islıkla çaldığım müziğin anlamı yoktu; güftesi yazılsa, bundan daha utanmazca olamazdı:

Gecenin efendisiyim,
Yaşasın hayat!
Kadınlar, kızlar, kızlar, kadınlar...

Kadınlar, kızlar, kızlar, kadınlar...
Yiyelim, yiyelim.
Dışarıda gece yıldızlarla dolu, yıldızlarla dolu...

Bugün oraya gidiyorum, bugün hiç bitmeyecek.
Fo-foro-fofo...

Islık çalmayı bırakıp güldüm: Burnum! Burnum bile düzelmişti. Gerçi hâlâ yarı patates gibiydi, ama belli bir çekiciliği vardı. Natal'in sokaklarını tekrar tekrar aklımdan geçiriyor, sevdiğim bütün sinema artistlerinin yerlerini saptıyordum. Deanna Durbin, çarşının oradaydı.

Dorothy Lamour, Grande Ponto'nun yakınında; ama annesi ona hiç fırsat vermiyordu ki. Yeşil gözlü bir melez olan Marina, Jovina Barreto'nun köşesinde duruyordu. Ama sadece çok geç vakit, karanlıkta mango ağacının altındaydı. Ne haber, Janette? Vay be, ne kadın!.. Ama benim ihtiyar, dikkatli olmamı öğütlemişti bana, çünkü dediklerine göre sevgilisini bekliyordu...

Benim bir deli olmadığımı kim garanti edebilirdi! Derken içimi yine o sevinç kaplıyordu, o iyimserlik, o yaşama, sevme, yüzme isteği. Deniz. Güzelim deniz. Koskoca deniz. Hepsi benimdi. Ilık deniz, sabahları kumların üzerinde, suyun içinde. Öğle yemeğinde Carao'da. Potengi Irmağı, deniz yükselmiş, ırmak dolmuş, harika. Akşamın neredeyse yedisine kadar. Akşam yemeğinde babamın azarlaması. Saat. Vakit, yirmi yaş, akşam yemeği, akşam yemeği... Yüz çizgilerime, yanık tenime bakarken birdenbire beni utandıran, ama aynı zamanda hoşuma giden bir itirafta bulunuyordum: "Güçlüyüm, yakışıklıyım..."

Odamdan çıkıp akşam yemeğine indim. O gece yemeklerin hepsi lezzetliydi. Hiç kimse kavga etmedi. Annem güzeldi. Babam, tam bir arkadaş. İnsanın inanası gelmiyordu. Ertesi gün sorunlar çıkacağından emindim... Ama hiçbir şey umurumda değildi, geceden başka. O gece hava ılıktı, ama esintiliydi; rüzgâr kumsaldan, hindistancevizi ağaçlarından, kumlardan, sahilde kırılan büyük dalgalardan geliyordu.

"Bugün oraya gidiyorum."

"Nereye?"

Kendi kendime konuşmuştum da farkına bile varmamıştım.

"Ne nereye?"

Dikkat kesilip ablama baktım. O cadı hayatımı hep cehenneme çevirirdi. Türlü dolaplarla ortalığı birbirine katar, her işe burnunu sokardı. Bir gün gelecek, onunla bir daha konuşmayacaktım. Birlikte büyütüldüğümüz küçük ablam ise beni rahat bırakırdı. O da büyük ablamın elinden çekiyordu.

"Konuşan sendin."

"Seni ilgilendirmez."

Babam, azarlayan gözlerle baktı bana. Sustum. Düşüncelerle yaşamak daha iyiydi. "Oraya gidiyorum. Senin nerede oturduğunu keşfettim, canikom. Oğlanlarla samimi olmanın ne işe yaradığını görüyorsun işte. Río Branco Caddesi'ne çok yakın. Bir erkek kardeşi var, tam bir av köpeği. Olabilir, ama adım adım..."

Kahvemi içtim, kolumu uzatıp babamın dirseğine dokundum.

"Bir sigara, doktor."

Tabakasıyla çakmağını uzattı bana. Annemle ablam ve kız kardeşim sofradan kalktılar; babam, terliklerinin topuklarını basamaklara vura vura yukarı çıktı, hiç unutmayacağım bir gürültüydü bu. Tam dışarı çıkmaya hazırlanıyordum ki beni terasa çağırdı. Tamam işte, demedim mi? Hem de tam şimdi! Aceleyle çıktım. Hamakta oturuyordu.

"Beni mi çağırdın?"

"Bir iskemle getir, şöyle yakınıma otur."

Ne yapacağımı bilemez halde kafamı kaşıdım. Hareketimden anladı. Dışarıya, gecenin karanlığına bakışında hüzünlü bir şey vardı.

Yakınına oturdum.

"Acelen mi var?"

"Hayır. Biliyor musun ne oldu?.."

Karşılık vermedi. Elini kolumun üzerinden geçirerek tüylerimi hafifçe okşadı. Ne oluyordu? Yoksa babam beni sevmeye mi başlıyordu? Beni okşasın diye öylece durup bekledim. Dışarı çıkma isteğim geçiyordu.

Alçak sesle yavaşça sordum:

"Benimle ne konuşmak istiyordun?"

Kolumun üstünde duran eli, bana her şeyi anlatmak ister gibiydi, ama kendisi karar veremiyordu. Sonunda sessizliği bozabildi:

"Bugün mutlu musun? Yoksa yeni bir kız mı buldun?"

"Daha belli değil, ama öyle gibi. Bana ne anlatmak istiyordun?"

"Önemi yok. Daha sonra konuşuruz."

Konuşma tarzında, insanın içini parçalayan bir hüzün vardı. Önemli bir şeyler olduğu belliydi.

"Ne olduğunu biliyorum. Bana söylemene gerek yok. Ama elimden geleni yapıyorum. Liman İşletmesi' nde, yük denetçisi olarak yazdılar beni, gerektiğinde çağırmak üzere. Az para veriyorlar, ama hiç yoktan iyidir. Kendime bir şeyler almama yarar. Hiç değilse bir işim olur..."

Yine kendimi tutamayarak her söylediğimi birbirine karıştırmaya başlamıştım. Zaten hep aşırıya kaçar, her şeyi karmakarışık ederdim. Soğukkanlılık diye bir şeyden eser yoktu bende.

"Daha sonra, askerliğim bitince, iyice uzaklara gideceğim. Bir serseriden başka şey olamamak üzücü, sadece can sıkıntısı ve sorun yaratmak."

Babamın eli kuvvetle sıktı kolumu.

"Oğlum! Ne demek oluyor bu?"

Benim gözyaşları içinde olduğumu görünce pijamasının cebinden mendilini çıkardı.

"Temizle şu yüzünü. Sorun bu değildi, budala."

Karanlıklara bakıyordum, içimden hiçbir şey yapmak gelmiyordu. Babam yavaşça gülüyor, bu da bana daha çok hüzün veriyordu.

"Biliyor musun, senin hakkında bana ne diyorlar?"

Hiç meraklanmadan hayır anlamında kafamı salladım.

"Natal'in en güzel çocuğu olduğunu söylüyorlar. Bu da bana gurur veriyor. Sana olanlardan kaygılanma. Sonunda hayatta önemli biri olacaksın. Senin geleceğine büyük inancım var benim."

Babam bana bu kadar güzel bir şey hiç söylememişti. O anı yıllarca beklemiştim. Bana çok şeye mal olmuştu, ama hiç olmamasından iyiydi.

Sakin bir tavırla devam ediyordu:

"İnsanın kendini bulması uzun sürer, ama sen çok gençsin, kişilik sahibisin. Kırgınlığın geçti mi?"

"Ben sana hiç kırılmam."

"Ya o kız ne olacak?"

"O yana doğru gidecektim. Sonraya da kalsa olur."

"Limandaki o iş neydi?"

"Harçlığım çıksın yeter. İki depo dolusu eşyadan sorumlu olarak girip çıkan yükleri saymam gerekiyor... Her bir liftte on iki denk var."

"Lift de ne demek Tanrı aşkına?"

"Halatlarla bağlı olarak vinçle indirilen yük."

"Peki bütün bunları nerede öğrendin?"

"Hani bir gece sabaha karşı gelmiştim de sen eğlenceden geldiğimi sanıp benimle konuşmamıştın, hatırlıyor musun? İşte o zaman ben, ileride gerekir diye Itahité gemisinde iş öğreniyordum."

"Neden bana söylemedin?"

"Çünkü bana bozulup hiçbir şey sormamıştın."

"Al bir sigara da birlikte bir barış çubuğu tüttürelim."

Sessizce sigara içmeye koyulduk.

"Hadi git kızını gör. Sen iyi bir çocuksun."

"Neydi bana anlatacağın şey, mademki bu şimdi konuştuğumuz değildi?"

"Yarın sabah ya da gece geldiğinde konuşuruz. Paran var mı?"

"Meteliğe kurşun atıyorum."

On *réis*'lik bir kâğıt para çıkarıp cebime koydu.

"Kız belki sinemaya gitmek ister. Hadi git."

Yerimden kalktım, kendimi tutamayarak babamı yanaklarından öptüm, sakalı yüzümü gıdıklıyordu. Onu yalnızca yolculuğa çıkarken öperdim.

Odadan çıkıp merdivenleri sessizce indim. Sokağa çıktığımda babamın bakışlarıyla beni izlediğini hissediyordum. Ve bu kez yüreğimde büyük bir mutluluk vardı.

Evin yakınında durdum. Bir hizmetçi kız sokaktan gelip geçenleri seyrediyordu.

"İyi akşamlar. Silvia nerede?"

Kız, merakla baktı bana. Yanıt vermesi birkaç saniye sürdü:

"Dışarı çıktı."

Bozulduğumu görünce gülerek hınzırlığını düzeltti:

"Küçükhanım şurada, karşıda. Işıkları yanan şu binayı görüyor musunuz? Ağır ağır önünden geçin, o orada."

"Teşekkürler güzelim. Sen harikasın! İyi geceler."

Silvia beni fark edinceye kadar evin önünde dolanıp durdum. Tatlı kız, iki arkadaşıyla konuşuyordu. Beceriksizce birtakım işaretler yaptım ona.

Silvia, "Ben mi?" gibilerden eliyle kendini gösteriyordu.

Evet anlamında başımı salladım. Genç kız aceleyle merdivenden indi. Gözleri kısılıp yok olmuş, ağzının kenarlarında derin iki çukur belirmişti. Nereden başlayacağımı bilemeyerek durdum, ama gençliğin verdiği yüzsüzlük beni itiyordu.

"İyi akşamlar. Ne haber?"

Ağzımda gevelediğim o başlangıç sözleri... Küçücük, yumuşacık elini elime verdi.

"Ben iyiyim, ya sen?"

"Ben mi? Buradan geçiyordum, şöyle bir uğrayayım dedim."

Silvia, daha açık davrandı:

"Ne istiyordun?"

Gençliğin verdiği iyimserlik ve güven duygusu durumu kurtarıyordu.

"Sana kur yapmaya geldim."

Silvia, gürültülü bir kahkaha atarak kapıya doğru işaret etti.

"Ama benim sevgilim var."

"Bunun ne önemi var. Onunla ilgini kesersin."

"Ben onu seviyorum..."

"Bu çok saçma. Ta şeyden beri bana cilve yapmıyor muydun?.."

Elimle bir hareket yaptım.

"Sen de babama gidip kendimi erkeklere göstermeden edemediğimi söyleyerek ortalığı karıştırmak üzere değil miydin?"

"Çocukça bir aptallık işte."

"Öyle de olsa ben senin sevgilin olamam."

Küçük gözlerinin ta içine bakıyordum ve parıldayan iki yıldız bunun tersini söylüyordu.

"Peki. Mademki öyle, kusura bakma. İyi geceler."

Pişman olmuştu.

"Dur bekle."

Sanki isteksizmişim gibi geri döndüm.

"Sevgilinin adı ne?"

"Nenéo."

"Nenéo erkek adı değil, kuş adı. Ömrünü Askerî Okul'da, üniforma içinde geçiren şu çocuk değil mi?"

"..."

"Ama o çocuğun senin için bir geleceği yok."

Bir saniye sustuk, ikimiz de saatlerce, en azından

arka arkaya iki yüz kırk saat konuşmak için deli oluyorduk.

"Öyleyse..."

"Bilmiyorum..."

"Gerçekten onu seviyor musun?"

"Sevmesine seviyorum, ama..."

Yeniden sessizlik.

"Elin ne küçücük."

Silvia, hızla elini çekti, gülümseyerek baktı bana. Yine o derin iki çukur.

"Bak, ben içeri giriyorum. Carlos Gomes Tiyatrosu'ndaki karnaval balosuna gitmek ister misin?"

"İsterim."

Biletleri alacak param olup olmadığını bilmiyordum, ama Tarcísio'dan borç isteyebilirdim.

"Nenéo da gidiyor. Ama tiyatro kalabalık oluyor, uzun uzun dans edebiliriz. Şimdilik hoşça kal."

Elini sıktım. Silvia terasın merdivenlerini koşarak çıktı. Olanları merak eden arkadaşlarına her şeyi anlatacağından emindim.

"Tak Tuk Tak Tuk"... Daracık sokağın bozuk kaldırım taşlarını hissetmeden yürüyordum.

Gönlüm, gürültülü bir tramvay gibi şarkı söylüyordu yine:

... Eve gidiyorum.
Hayır, gitmiyorum.
Eve gidiyorum.
Hayır, gitmiyorum...

Karnaval yakında mıydı? Evet, çok yakın. Ne iyi! Harika! Kaldırımın kenarına çıkıp bir çizgi üstünde dengemi bularak yürümeye başladım.

... Eve gidiyorum.
Hayır, gitmiyorum...

Evet, gidiyordum. Ama gitmedim. Küçük meydandaki sıraya oturdum, gözlerimi boşluğa diktim. Artık ne yükünü almış olan kalabalığı fark ediyordum ne çiçekler içindeki gül bahçelerinden esen serin rüzgârı ne de bir anda küçülen ışıkları.

Gökyüzü yıldızlarla dolup taşıyordu. Tembel tembel saatime baktım. Onu on geçiyordu. Evdekiler uyumuş olmalıydılar. Bir anda gerçeğe döndüm. Ya babam? Belki de hâlâ beni bekliyordu. Tespih çekip duasını ettikten sonra birbiri ardından sigara içerek terasta sessizce oturduğundan emindim.

Adımlarımı hızlandırdım. Babam artık dünyanın en iyi insanıydı. Öyleyse neden o kadar kavga ediyorduk? Ayin yüzünden, Paskalya yüzünden, kiliseyle ilgili olan ve kesinlikle hoşuma gitmeyen pek çok şey yüzünden. Belki de çocukluğumdan beri okulda her gün ayine katılmak ve bu yüzden erken kalkmak zorunda olduğum için. Aç karınla bir yandan dua ederken, bir yandan da sonradan içeceğim kahveyi iştahla düşünürdüm. Ve bir sürü dua, hiç durmadan, her dakika. Her ders arasında, her teneffüste. Onca duadan sonra kafam tın tın öterdi. Bir de Peder'in hep kızdığı günah çıkarmalar, çünkü üç aşağı beş yukarı aynı günahlar yineleniyordu. Aman Tanrım, insanı aptala çeviriyorlardı...

Yine de, artık bundan sonra babamla kavga etmek istemiyordum. Belki de sonunda hayatta bir işe yarayacaktım. Hiç değilse artık bana inanan ya da inanmaya başlayan biri vardı.

Ya kız? Adımlarım ağırlaşıyordu. O minicik, kadifeden bile yumuşak eli, insanın ağzına sığabilirdi. Karnavala da bir şey kalmamıştı. Saate bak, Zé!

Eve yaklaşıp hafifçe ıslık çaldım. Yuvarlak, kırmızı bir ışık belirdi. Babam oradaydı.

Kapıyı açıp ayakkabılarımı çıkardım. Böylelikle hiç kimseyi uyandırmayacaktım.

Gidip yanına oturdum.

"Hasta mısın? Böyle erkenden döndün..."

"Saat neredeyse on bir. Bekle de üstümü çıkarayım. Hava korkunç sıcak."

"Hadi git."

Daha pijamamın altını giymemiştim ki babam odama girip kapıyı kapadı. Hamağıma oturdu, ellerini başının üzerinde kavuşturdu. Her bir hareketimi izliyordu. Babamın gerçekleri kavradığı ve beni keşfetmeye başladığı izlenimi uyanmıştı içimde. Bu öyle hoşuma gidiyordu ki.

"Ne kadar yanmışsın! Yüzmeyi bıraksan iyi olacak, yoksa yakında sutyen kullanmak zorunda kalacaksın."

Gururla göğsüme vurdum.

"Bunların hepsi kas!"

"Kızı buldun mu?"

Elimi çeneme götürüp ona gülümsedim. Babam ne tatlıydı. Onu nasıl seviyordum...

"Evet, onu buldum. Başka bir sevgilisi varmış, ama onu bırakacak. Onunla evleneceğim."

"Dur bakalım, sakin ol. Neden hep böyle yapıyorsun, oğlum? Ya çok hüzünlüsün ya da aşırı neşeli. Ya fazlasıyla seviyorsun ya da nefret ediyorsun. Ya birazcık yüzüyorsun ya da kendini öldürüyorsun. Ya plaja gitmez oluyorsun ya da saatlerce orada kalıyorsun..."

"Sizler bana her zaman ya sekiz ya da seksen sekiz olduğumu söylemiyor musunuz? İyi işte! Neden odama konuşmaya geldin? Bugün bütün bu esrarlı hava nereden geliyor?"

"Kimsenin duymasını istemiyordum."

Onun yanına, yere oturdum. Öyleyse doğruydu. Babam beni keşfetmişti. Bana bir sırrını açacaktı. Yüzüme bakmasını istemiyordum, ama söyleyeceklerinin tek sözcüğünü bile kaçırmak niyetinde değildim. Yıllardır yaptığım gibi siyah saçlarını seyrediyordum. Artık tek tük beyazlar görünüyordu.

"Bundan kimsenin haberi olmamalı: Belki de yakında yeniden ameliyat olmam gerekecek."

Şaşırıp kalmıştım.

"Yeniden mi? Şu böbrek ve mesane sorunu mu?"

"Evet. Ama bu kez daha ciddi olabilir. Sonra..."

"Sonra, ne?"

"Kalbim pek iyi değil. Doktor, sigarayı ve içkiyi biraz azaltmamı öğütledi. Bir de beslenme rejimi verdi."

Hâlâ şaşkındım. Aslında babam oldukça şişmandı.

Başımı hamağa dayadım. Gözleri her dakika yaşlarla dolan güçlü kuvvetli bir erkek olmak nasıl deli ediyordu beni!

"Ne zaman ameliyat olacaksın?"

"Herhalde üç ay içinde."

Rahat bir nefes aldım. Hiç değilse üç ay vardı ve o zaman içinde bir sürü şey olabilirdi...

"Bir şeyin kalmayacak."

"Umarım öyle olur."

Birdenbire küçüklüğümden beri olmayan bir şey olmuştu, babam yavaş yavaş saçlarımı okşuyordu.

Hamakta doğruldu.

"Uyuyacağım."

"Burada kalmak ister misin? Ben şu yatakta uyuyabilirim."

"Hayır."

Aynı anda kalktık.

"Merak etme. Hepsi geçer... Aramızda kalsın."

Kapıya doğru yürüdü.

"Duanı eksik etme."

"Tanrı seni korusun."

İçimde büyük bir sevgiyle ardından kapıyı kapadım.

Hamağa uzanıp sallanmaya başladım. Düşüncelerim yine karmakarışık, bir o yana gidiyordu, bir bu yana. Babam ölecek olursa ben de ölürdüm. Dudaklarımı ısırıyordum. Hayır, bunun için henüz çok erkendi. Üstelik insanlar yalnızca istedikleri zaman ölüyorlardı. Gözlerim yaşlarla dolmuştu. Aman Tanrım! Bütün hayatım boyunca böyle olmuştu, istediklerim, artık onlara sahip olamayacağım zaman karşıma çıkıyordu.

Öbür yana döndüm. Güneş altında onca yüzmeye antrenmanlı olan vücudum uykuya yenik düşüyordu. Silvia. Elbette sevgilisiyle ilişkisini kesecekti. Ve karnaval. Ne hoş! Karnavala doğru yirmi yaşımı bitirecektim. Hayatımla ilgilenmem, her şeyi yoluna koymam gerekiyordu. Müzmin bekârlığa doğru gidiyordum. Evlenmeyecek olursam çok geçmeden hiç kimsesi olmayan insanların alışkanlık ve düşkünlükleri bende de baş gösterecekti. Hamak bir o yana sallanıyordu, bir bu yana. Hiç gürültü çıkarmıyordu, çünkü kancaları yağlamayı hiç ihmal etmezdim. Işığı söndürsem iyi olacaktı. Babamın eli başımın üstünde. Hayır, sen ölmeyeceksin. Silvia'yla olanları Tarcísio'ya anlattığımda şaşırıp kalacaktı. Işığı söndürmek için kalkmam gerekiyordu. Öyle uykum vardı ki. Ama babamın sırrını Tarcísio'ya bile anlatmayacaktım. O artık beni oğlu gibi görmeye başlıyordu. Gülümsedim. Silvia. Işık...

Uyumuşum.

Derin, dost, genç bir uyku. Kapı vuruluyordu. Annem odaya girip ışığı yaktı.

"Çarşıya gitmek gerek."

Hızla yüzümü yıkayıp dişlerimi fırçaladım, çabucak giyindim. Bir fincan kahveyi içip bitirdim. Çabuk. Yoksa çarşı kalabalık olacak. Et: küçük bir ördek. Sebze: *quiabo.*[1] Evdekilere *quiabo*'dan gına gelmişti, ama ben bayılıyordum. Her şeyde aşırıya gittiğim gibi onu da sonsuza dek yiyebilirdim. Çabucak eve dönüyordum, babamı her gün gittiği ayinden dönmüş olarak bulup hiç değilse onunla birlikte kahve içeyim diye içim giderek. Hem de özellikle bugün...

Sokak kapısını açtım.

Babam işe gitmişti bile.

"Bugün neden bu kadar geciktin?"

"Çarşı çok kalabalıktı."

Yalan söylüyordum. Gecikmiştim, çünkü babamın kalbi için dua etmeye kiliseye gitmiştim.

"Gece neler konuştunuz öyle?"

"Benim evlenmem hakkında."

"Ne?"

"Bir kızla Araguaia'ya kaçacağım."

"Delisin sen!"

Annemin omzuna hafifçe vurdum.

"Şaka, şaka. Fransisken rahibi olacağım."

"Sen kahveni içsen daha iyi olur."

1. Lifleri örgü yapmakta kullanılan tropik bir ağaç ve lezzetli meyvesi.

4

Aşk, sorunlar yaratıyor

"Nenéo her şeyi öğrenmiş."

"Çok iyi olmuş."

"Fena halde canım sıkıldı. Benimle hiç konuşmadan Ceará'ya gitmek üzere gemiye bindi. Ne de olsa bu kadar kızmasına gerek yoktu."

"Dinle beni, canikom: Karnavalın üç gününü yanak yanağa, sarmaş dolaş dans ederek geçirdik. Öğrenmeyeceğini nasıl düşünebildin ki?"

"Hep senin yüzünden. Ne iyi çocuktu..."

"Bırak şimdi onu. Ben buradayım, hiçbir şey kaybetmiş değilsin."

Hiç durmadan yürüyerek, Andrés de Albuquerque Meydanı'nın çevresinde dönüyorduk.

"Şu banka oturalım mı?"

"Oturmayalım. Orası çok karanlık."

Ellerimiz özlemle birbirine değiyordu. Ara sıra kolumu omzuna atıyordum, ama birileri geliyor, o da benim sevgi gösterime karşı koyuyordu.

"Uslu dur, Gum."

Katedralin önünden geçip Joäo Maria Meydanı'na girdik. Yabaninciri ağaçlarının altındaki sıralar kapkaranlıktı. Hayal âlemine dalmak için birebirdi. Bütün kararları Silvia'nın alması kaçınılmazdı.

"Çok yoruldum. Buraya oturalım."

Yuvarlak tahtalardan yapılmış bank ne güzeldi. Yan yanaydık, yakıncacık. Öyle karanlıktı ki yalnızca gözlerinin minik ışıltısı görülüyordu, yanı başımda. Kanım azgın atlar gibi doludizgin. Eli, kolumun üzerinde kayıyordu. Ağzı davetkâr, bense ona yaklaşmaya korkuyordum: Kaçabilirdi. Ama, nerde! Dudaklarını ilk öpücükle benimkilerle birleştiren o oldu. O zaman dünya karardı, yok oldu gitti, bir deniz gibiydi, bir rüzgâr, vücudum boşlukta yüzüyor, kanım damarlarımda atıyordu. Ellerimiz birleşti.

"Gidelim artık, Gum."

Dünyanın en doğal şeyiymiş gibi söylüyordu bunu. Ben hiç kımıldamıyordum.

"Gidelim artık, Gum!"

"Canikom!"

"Hmm!"

"Kollarımın arasına tam sığıyorsun."

"Başka şeyden söz edelim."

"Vay canına! Bir haftadır bunu istiyordum."

"Eve gidelim."

Bütün bu olanlardan sonra yalnızca el ele tutuşarak nasıl sakin sakin yürüyebilirdik? Kadınlar gerçekten garip yaratıklardı. Silvia, olayları dozunda tutmayı iyi biliyordu. Oysa ben kalmak istiyordum. Bir sürü güzel, tatlı söz söylemek... ya da vücudunu aşkla, tatlılıkla kollarımın arasına alıp hayal kurmak...

Evine yaklaşmıştık. Vedalaştık. Yalnızca el sıkışarak.

"Canikom, seni seviyorum!"

"Aklını başına al, Gum."

"Olur."

"Yarın gelecek misin?"

"Yarın öğleden sonra; Potengi Irmağı'na yüzmeye gitmek üzere saat üçte geçeceğim. Yarış için hazırlanıyorum. Her gün öğleden sonra aynı saatte geçerim."

"Sahi mi?"
"Evet, geçeceğim."
"Seni bekleyeyim mi?"
"Seni seviyorum. Hoşça kal!"

Çarşıda alışveriş, sabahleyin plaj, hep sırrımız için korka korka babama baktığım uzun öğle yemeği. O, hiç oralı değil, sanki benimle konuşmuyordu. Kanepede birkaç söz. Gözler saatte. Neredeyse üç. Bir şey yapmamı isterler korkusuyla kimseye görünmeden dışarı çıkıyordum.

Uzaktan, Silvia'nın silueti ana kapıda. Konuşmuyorduk bile; gençliğin neşesi yetiyordu. O, duvarın girintisinde beni beklemeye geliyordu; duvar, neredeyse ana kapıya kadar iniyordu. Her taraf betonla çevrili gibiydi. Ben, ilk açıklıkta duruyordum. Öyle alçak sesle konuşuyorduk ki, Tanrı bile duyamazdı bizi.

"Beni seviyor musun?"

"Hı!.. Ya sen?"

"Hı!.."

Çevreme bakıyordum. Gelen giden yoktu. Tamam, işte ilk öpücük... Onu bırakıp bir sonraki açıklığa iniyordum.

"Dikkat, karşıki komşular..."

Bir öpücük...

Bir başka açıklık. Bir öpücük daha. Bir tane daha, bir tane daha. Sonuncusu daha uzun, iyice uzun. Daha sonra ana kapı.

"Dikkat et, Gum. Gelenler var."

Hiç belli etmiyor, ayrılıp önemsiz bir konuşmaya dalıyorduk. Bazan tanıdık biri oluyor, bizi selamlıyordu.

"Yalnızca bir tane daha."

"Git artık, annem içerde."

"Bir tanecik!"

Bir tane, bir tanecik, bir tanecik, bir tanecik... Kapı.

Hiçbir şey olmamış gibi konuşuyordu:

"Yüzmeye gidiyor musun?"

"Yarışlara hazırlanıyorum. Bin beş yüz metre."

Yalandan bir konuşmayı gözlerimizde, yüzümüzde, her yanımızda sürdürüyorduk. Her şey ne güzeldi!

"Şu elinde taşıdığın deniz şortun mu?"

"Evet. Küçük bir 'tanga'. Gördün mü?"

Elimi kapadığımda minicik giysi görünmüyordu.

"Bunu giymeye utanmıyor musun?"

Alayla burnumu kırıştırıyordum.

"Hayır."

"Sen?.."

"... Seni seviyorum, evet. Ya?.."

"Ben de."

Gözlerimiz öpüşüyordu. Gitmem gerekiyordu. Kendimi yükselen sulara bırakmalıydım. İnsanın ruhunu yıkayan o saydam, tuzlu, yumuşak, yemyeşil ırmak anlayabilirdi yalnızca, kendi kulaçlarımı neden hissetmediğimi. Yorulmuyordum bile. Neredeyse üç bin metrelik antrenmandan sonra bir sandalın burnunda geri dönüyor, sonra da kulüpte atlamayı sürdürüyordum. Ancak güneş kaybolmaya başlayıp da gecenin soğuğunu tenimde hissedince, evin bilinci ve akşam yemeğini belirli bir saatte yeme zorunluğu, o sere serpe gençliğimin aklını başına getiriyordu.

Babam, bir başka türlü bakar olmuştu bana. Son derece sevecendi. Bazen gözlerimi kaldırıyor, onun, en küçük hareketimi izlemekte olan gözleriyle karşılaşıyordum. Yemekte karşımda otururken tabakları ona geçirip gülümsemesini görmek hoşuma gidiyordu. Aman Tanrım, varlığımdan haberliydi. Onun gözünde var olan biriydim ben. Fırsat bulduğumda birkaç dakika onunla yalnız konuşuyor, yaklaşmakta olan ameliyatı korkuyla soruyordum. Bir ay, yirmi gün. Kaygı, asabiyet. Herhalde geçmesin diye günleri sayıyor olmalıydı.

Büyük ablam, buzdolabından bir şişe su almak için kalkmıştı, geri döndüğünde herkesin önünde durdu.

"Şuna bakın!"

Parmaklarının arasında benim tangam sallanıyordu.

"Ne utanmazlık!"

Geldiğimde aceleden minicik şortumu terasın duvarında unutmuştum.

Bir sıçrayışta yerimden fırladım. Sert bir hareketle tangayı elinden çekip aldım.

"Ver şunu bana, Tanrı'nın..."

"Tanrı'nın nesi?"

Öfkemi yuttum. Tanrı'nın nesi mi? Tanrı'nın cezası, inek karı, bok çuvalı. Annem kolumdan yakalayıp tuttu beni. Yerime oturdum. Günün birinde o salağa dersini verecektim.

"Burada Natal'de herkes senin ahlaksızlıklarından söz ediyor! O tangadan ve o acayip kızla olan iğrenç flörtünden!"

"Kapa çeneni!"

Ama o, homurdanmaya devam ediyordu: Annemle babam hiçbir şey görmek istemiyorlardı, beni uyarmayı bile düşünmüyorlardı. Oysa herkes bunu konuşuyordu. Hele benim gibi Katolik bir aileden gelen biri...

O zaman yine o korkularım depreşti. Sulugözlülüğüm. Hiçbir şey yapamaz, daha fazla konuşamazdım. Bana kalsa su şişesini kafasında parçalardım. Şişeyi, buzdolabını, ütüyü, kanepeyi; o cadıyı kan revan içinde bırakana kadar. Ama babam, sırrımız, o son günlerde ona karşı gelmeme çabası... Kendimi tutayım derken gözlerim yaşlarla dolmuştu. Odama çekilsem iyi olacaktı. Sert bir hareketle iskemleyi ittim, merdiveni koşarak, soluk soluğa çıktım, gidip terasta oturdum. Günün birinde elimden bir kaza çıkacaktı; birini öldürecek, gırtlağını sıkacaktım. Tanrı'nın adını ağzından düşürmeyen o yobaz karıyı, o tahta göğüslü zarafet yoksunu süpürge sopasını... Aslında onun ihtiyacı olan şey, bir erkekti.

Babam, gürültüsüzce terasa gelmişti. Yerimden kalktım.

"Senin iskemlene oturmuşum."

"Oturabilirsin."

Parmaklığa dayanıp sessizce sigarasını içmeye koyuldu.

"Ben dışarı çıkıyorum."

"Nereye gidiyorsun?"

"Limanda beni bekleyen bir gemi var. Saat onda işi devralıyorum. Herhalde gün doğana kadar."

"Daha saat sekiz olmadı. Neden bir parça dinlenmiyorsun?"

"Olmaz, baba. Yorgun değilim."

"Benimle konuş biraz."

Yanına gittim. Bana uzattığı sigarayı ses çıkarmadan aldım.

"İşin zor mu?"

"Pek değil. Yalnız gece yarısından sonra insanın gözleri ağrıyor. Rıhtımın ışıkları birbirine karışıyor. Vincin gürültüsüyle sürekli dikkat insanın uykusunu getiriyor. Hata yapmam olanaksız. Gemide aynı anda çalışan bir denetçi daha var. Bir hata yapılırsa hesapları tek tek doğrulamak gerekiyor."

"Korkunç bir iş bu!"

"Gece gündüz bu işi yapabilirdim. Ne yazık ki ayda yalnızca üç dört gemi alabiliyorum."

"Okulu bıraktığına pişman değil misin?"

"Hayır."

"Neden?"

"Bilmiyorum. Bundan söz etmesek daha iyi."

Ruhumun derinliklerine baktı.

"Sen bu evde mutlu değilsin, öyle değil mi?"

Ne söyleyeceğimi bilemeden kafamı kaşıdım. Uzun uzun sigara içtim. Neden gecenin esintisi içinde sallanıp duran şu karşıki hindistancevizi ağacına dönüşmüyordum sanki? Hiç değilse bir şey söylemem gerekmezdi. Başıma gelebilecek en kötü şey *palmito*'ya[1] dönüşmem olurdu. Yalan söylemek hoşuma gitmiyordu, ama o günlerde onu incitmek de istemiyordum. Ah, ne olursun, Tanrım! O ölmesin de, sana ne konuda olursa olsun söz veririm. Yarışmalarda yüzmeyi bırakmaya bile. Ama ona bir şey olacak olursa, yemin ederim ki...

"Senin yüzünden değil, baba. İnan bana. Kavga ettiğimizde bile değil. Annem, istemediğim halde beni senden özür dilemeye gönderdiğinde bile... Bende iyi gitmeyen bir şey var... Ben gerçekten kötüyüm."

"Yakında buradan gideceksin."

Kolunu kuvvetle sıktım.

"Nereden biliyorsun?"

"Nicedir durup sana bakıyorum. Tek bir insanın içinde bunca hayat, bunca huzursuzluk mümkün değil. Natal küçük bir kent, oysa sendeki bu tutkuya kocaman bir dünya gerek."

"Annemle şey hakkında konuştun mu?.."

Bir sigara daha yaktı.

"Bu kadar çok içme. Birkaç dakika içinde bu üçüncüsü."

Sigaranın, parmakları arasında parçalandığını, dumanın yere doğru yayıldığını gördüm.

"Bu hafta kendimi ruhsal olarak hazırlamaya başlıyorum."

1. (Port.) Palmiye kalbi.

Saatime baktım. Birisi beni ana kapıda merakla bekliyor olmalıydı. Babam, hareketimden tahmin etti.

"O kız mı?"

"Evet."

"Seninle onun hakkında konuşmak istiyordum, oğlum."

"Kavga etmeyeceğiz, değil mi? Bugün kavga etmek istemiyorum, baba."

Sustu. Konuşması için ısrar ettim, yoksa içimde müthiş bir vicdan azabı kalacaktı.

"Konuşsana."

"Duyduğum bazı yorumlar, yakınmalar, şikâyetler..."

"Hepsi de bir flört yüzünden. Ha anladım. Bu dedikodu o şeyin marifeti..."

"Ablan hakkında böyle konuşma."

"Çocukluğumdan beri, bütün ömrüm boyunca hep böyle oldu. Hayatım, o Tanrı'nın cezasının entrikalarıyla, ortalığı karıştırmalarıyla, çocukluğumu mahvetmesiyle geçti. Hiç evden gizli, istediğim gibi yüzemedim, bir sevgili edinemedim, çünkü hop, o cehennem zebanisi ortalığı birbirine katardı. Şimdi de şortumu tutturdu. Hani ben şişkonun, koca göbeklinin biri olsam, tabii ki böyle bir mayo giyemezdim. Oysa, benim durumumda, yüzerken çok daha rahat oluyor. O, dilinin yarısını kesip atsın, ben de mayomu çıkarıp atayım..."

"Neden ablanla hiç geçinemiyorsun? O senin tek ablan. Onu ne bir sinemaya götürürsün ne bir gezmeye ne de başka bir yere. Benim zamanımda, ablalarım benim en yakın arkadaşlarımdı..."

"Yapamam baba. Sana yalan söyleyecek değilim. Benim gücümü aşan bir şey bu, ondan nefret ediyorum, nefret ediyorum... Neden bugün yeniden kalkıp sorun yaratıyor?"

"Sorun yaratan o değildi. Yoksa pazar günü tutuklanan sen değil miydin?"

"Tutuklanıyor 'idim'."

Olanları hatırladım. Areia Preta Plajı'na gittiğim gündü. Polis komiseri bana doğru gelmişti. Giydiği deniz şortu dizkapaklarına kadar inen o sevimsiz, şişko herif. Ellerini beline dayamıştı:

"Plajda öyle bir mayoyla dolaşamazsın."

Kumlara oturdum. Çevremdeki arkadaşlarım tartışmayı izliyorlardı.

"Neden?"

"Neredeyse çıplaksın da ondan. Burası aile plajı. Üstelik beyaz şortla yüzmek de yasak."

"Bu beyaz mı? Beyazı krem renginden ayırt edemiyor musun?"

"Beyaz ya da krem rengi, hemen buradan çekip gideceksin, yoksa jandarmayı çağırırım."

Yüzüne doğru güldüm. İçimden göbeğine bir kafa atıp iki büklüm yere oturduğunu görmek geliyordu. Şeytan dürtmüştü bir kere.

"Çağırırsan çağır. Buradan bir yere gitmiyorum."

Koca şişko, yola doğru koşup devriye gezen iki jandarmaya seslendi.

"Kaçsana, Zé."

"Dur, daha yakına gelsin de."

Şişko, el kol hareketleriyle beni göstererek geri geliyordu. Arkadaşlarımdan birine, "Şortumu Praia do Meio'ya doğru götür," dedim.

Bana doğru yaklaştıklarında bir sıçrayışta ayağa kalkarak denize doğru koştum. Bir parça yüzdükten sonra onlara doğru döndüm:

"Hadi şimdi gelin de yakalayın beni!"

Komiser ateş püskürüyordu:

"Ben de seni burada beklerim, ahlaksız!"

"Kua kua kua!.. Gel de yakala beni, salak! Sandalına atla da gel."

Yüzerek epey açıldım. Sonra Praia do Meio yönüne doğru geri döndüm. Suların yükselmesi işime geliyordu, zaten üç kilometre fazla olmuş, eksik olmuş, antrenmanım için ne fark ederdi?

"Sence bu güzel bir şey mi?"

"Hayır. Ama, ne bileyim!.. Söz veriyorum, bir daha beyaz şortla gitmeyeceğim. Polis şikâyet mi etti?"

"Polis şefi geçen gün benimle ayinde konuştu. O da Mariana Cemaati'nden. Ama o bir şey değil. Asıl geçen gece..."

"Biliyorum, baba."

Katedralin arkasındaki yabaninciri ağaçlarının karanlığı. Silvia ile ben. Her geçen gün daha da güzelleşen o her zamanki konuşma: "Beni seviyor musun?" "Tabii, ya sen?" "Ah, Gum, sormana gerek yok!" Sonra da öpücükler, birbirine değen yüzler, okşayan eller. Mutluluktan gözümüz hiçbir şey görmüyordu. Dünya umurumuzda değildi. Sadece biz vardık. Kısa öpücükler, ısırmalı öpücükler, nemli olanlar, hiç bitmeyenler... "Günün birinde beni bırakacak olursan ölürüm." "Ben de öyle..." "Sahi mi? Oysa öğrendiğime göre dün Ivonice'yle de flört etmişsin..." "Sevgilim, asıl oydu benimle flört etmek isteyen. Kavga etmeyelim. Neden vakit kaybediyorsun?" Yeniden öpücükler. Sinemaya gitmek için para yoktu; o zaman da karanlık köşeler aramak gerekiyordu, ama öyle karanlık olmalıydı ki onun erkek kardeşi bile keşfedememeliydi bizi...

Birdenbire bir karaltı belirmişti önümüzde.

"Bu ilişki çok ahlaksızca!"

Mariana Cemaati'nin başkanıydı karşımızda duran.

Sinirlenerek ayağa kalktım.

"Bu hiç kimseyi ilgilendirmez! İyi geceler!"

Adam, beni tanımıştı, babamın arkadaşı olduğuna göre de, tamam işte, hapı yutmuştum. Yeniden sarıldık birbirimize. Canları cehenneme!.. Kimsenin kimseyi zorladığı yoktu. Görmek istemeyen kafasını çevirsindi.

"Ne aptal herif, öyle değil mi canikom?"

Hiç kimse ve hiçbir şey umurumda değildi. En olmayacak şey vakit kaybetmekti. Silvia'nın gitmesi gereken saat geliyordu. Onun beni doğrulayan yanıtı ise yeni bir öpücük biçimindeydi...

"Olanların hepsini sana anlattı mı?"

"Evet. Kaç yaşında o kız?"

"On yedisini bitirecek."

"Bu işin sonu iyi değil. Sonunda bir aptallık yapacaksınız."

"Biz evleneceğiz. Ben artık koca erkeğim."

"Evleneceksin ama neyle? Nasıl? Ne şekilde? Daha işin bile yok."

Bütün keyfim kaçmıştı, başımı önüme eğdim. Dünya ne korkunçtu, ne canavarca, güvenilmez, rezil! Ama söyleyecek lafım yoktu. Burası küçük bir kentti. Zaten sorun da buydu. Kent küçüktü, ama dedikodusu büyüktü.

"Hadi git artık. Yoksa gecikeceksin. Daha sonra sakin kafayla konuşuruz."

İçimi hüzün kaplamıştı. Biliyordum ki o gece geminin yükünü denetlerken duyduğum hüzün daha da artacaktı. Tanrı kahretsin.

"Bugün artık seni göremem. Hayır duanı eksik etme."

5

Verilen söz

"Filmi seyrediyorsun, Gum!"

Eski Royal Sineması'nın locasında sarmaş dolaş oturup filmin dakikalarını saymaya alışmıştık. Oynatılan eski film iki bölümde gösteriliyor, arada ışıklar yanıyordu. O zaman bu sığınağı seçmiş olan bütün çiftler doğrulup toparlanıyorlardı.

Silvia yüzümü okşadı. Gırtlağım düğümlenmişti.

"Sen ağlıyorsun, Gum. Ne oldu?"

Büsbütün sarılarak kaygıyla korumaya çalışıyordu beni.

"Dışarı çıkalım mı?"

"Peki."

Silvia, bizimle birlikte gelmiş olan küçük kız kardeşini dürttü, kız itiraz etti. Küçük kız ya da erkek kardeşi hep bizimle birlikte gelirdi. Kız kardeşi geldiğinde her şey yolundaydı. Kız ekrandaki âleme dalar, bizi rahat bırakırdı. Erkek kardeşi öyle değildi. Dikkat kesilir, en küçük hareketimizi bile gözlerdi. Çok dikkatli olmamız gerekiyordu. Sonuç olarak, çocuk bizi unutsun diye hep kovboy filmleri oynattıklarında gider olmuştuk sinemaya.

Ağır ağır yürüyorduk. Kendisiyle konuşmamı beklerken küçücük yüzünde kaygı okunuyordu. Sonunda, büyük bir sevecenlikle sordu:

"Baban iyi değil, öyle değil mi?"

"Evet."

Kolumu tutup okşadı.

"Her an hastaneye gidebilir."

"Onun için dua edeceğim."

Benim sorunlarımla ilgileniyordu. Onun için dua edecekti. Bizimle, özellikle de onunla ilgili o hiç de hoş olmayan dedikodu dünyasında söylenenlerden ne kadar farklıydı her şey.

"Ahlaksızın teki o!"

"Davranışlarına bakılırsa, bu gidişle..."

"Çarşıda dolaşıyordu, öyle bir yürüyordu ki, içinde kombinezon olmadığı görülüyordu."

Ama babamın hoşnutsuzluğu başka şeydi. Onu düşünmek bile istemiyordum. Neden herkes burnunu sokup can sıkıyordu sanki? Ne de olsa çocuk değildik biz, on yedi yaşında bir kadınla yirmi yaşında koskoca bir erkek. Ortaçağ'da doğmuş olsak daha iyiydi. Romeo ile Juliet, biri on sekiz, biri on dört yaşındaydılar. Tanrı kahretsin!

"Ben eve dönmek istiyorum, babamın çok ateşi vardı."

"Olur, Gum, gidelim."

Babamın ateşi de garip bir hal almıştı. Tıraşlı yüzü kızarıyor, kıpkırmızı oluyordu. Derece koyduğunda kırka çıkıyordu. Saçmalamaya başlıyor, titremeler içinde sayıklıyordu. Ertesi gün soğuk bir banyo yapıyor, rahatlayıp eskisi gibi güler yüzlü oluyordu. Bir gece önce neler geçirdiğini kimse tahmin edemezdi.

Kilisedeki ayine katılıyor, her zamanki kahvesini içiyor, sonra da, hiçbir şey olmamış gibi, başhekimlik yaptığı Akıl Hastanesi'ne yollanıyordu. Öğleden sonraları, Ribeira'da Dr. Barata Sokağı'ndan geçerken, öteki komşu doktorlarla birlikte her dinlenme anından yararlanıp sigara içerek hastalarını balkonda beklerken görürdüm onu. Böyle anlarda beyaz kepi o simsiyah saçlarını örtmüş olurdu. Yukarıdan şakalaşırdı benimle:

"Nereye böyle?"

Deniz şortumu gösterirdim.

"Denizcilik Merkezi'nde yarışmalara hazırlanıyorum."

Yumruk atar gibi avcunu kapar, gülümserdi. Gülümsemesinin arasında ne demek istediği anlaşılırdı:

"Serseri!"

Annem, sinir içinde iğne yapıyordu ona. Ben, yanlarında durmuş, sesimi çıkarmadan iyileşmesini merakla bekliyordum. Rengi normale dönene kadar. İnlemeleri kesiliyor, solukları düzenli bir hal alıyordu. Gözlerini açıyor, bizi yavaş yavaş görmeye başlar gibi oluyordu.

"Bir bardak su."

Pijaması terden sırılsıklam oluyordu. Değiştirmesine yardım edelim diye hamakta oturuyordu. Sonra da bütün gece sakin sakin uyuyordu. Hastalık anlarında bana karşı çok sevecendi.

"Zezéciğim, şunu versene!"

"Yanımdan ayrılma."

"Bugün yüzmeye gitmiyor musun?"

Elimi tutarken uyuyakalıyor, parmaklarının aralanmasıyla elim kayıp düşüyordu. Garip bir bencillikle keşke hep hasta olsa, diyordum. Ama tabii ciddi bir şey olmasını da istemiyordum.

Ancak o gece öyle değildi, çok hastaydı. Doktorlar geldiler. Sormak bile istemiyordum. Hastane yüzündendi, o kahrolasıca hastane yüzünden. Beni odadan dışarı itiyorlardı. Ben oralarda dolanıp duruyordum, sadık bir köpek gibi; uzaklaşmadan her şeyi seyrediyor, ona yardım etmek için bir şeyler yapabilmeyi istiyordum. Banyoya giriyorlar, ellerinde sondalarla çıkıyorlardı; sular akıyordu. Geri dönüyorlar, fısıldaşıyorlar, yaptıkları işe esrarengiz bir hava veriyorlardı.

Ne yapacağımı bilemez bir halde kafamı kaşıyordum. Saatler geçip gidiyordu. Saate baktığımda çok anlamsız geliyordu. Akreple yelkovan, acımasızca saniyeleri deviriyorlardı.

Ancak sabaha doğru kendine geldi. Doktorlar yorgun argın çekip gittiler. Onları kapıya kadar geçirdim. Dışarıda kent uykudaydı. Uzaklarda bir yerde bir horoz, sabırsızlıkla güneşi uyandırmak istiyordu.

Merdivenin basamaklarını çıktığımda ablam onun beni görmek istediğini söyledi.

Annemin yatağına neredeyse oturur gibi yatırmışlardı onu. Yüzü hafif solgun görünüyordu. Biraz soluk soluğaydı.

Eliyle yatağa vurarak oturmamı işaret etti.

"Daha iyi misin, baba?"

Tanrı duyup da nazar değdirmesin diye öyle alçak sesle sormuştum ki.

"İyiyim. Saat kaç?"

"Neredeyse üç buçuk."

"Hadi yatmaya git. Yoksa yarınki antrenmanda kuyruk gibi en arkada kalırsın."

Uykunun verdiği gevşeklikle gözleri kapanıyordu. Uyuyakalarak başı düştü. Bir an bekleyip gürültü yapmadan ayağa kalktım. Tanrı'yı düşünerek bir karara varmıştım.

Gitsem mi, gitmesem mi, gitsem mi, gitmesem mi? Gidiyorum demedim mi? Gitmek üzere değil miyim? Hadi cesaret, Zé.

Küçük meydanda kararsız bir halde durmuş, Buen Jesús Kilisesi'ne bakıyordum.

"Yürüsene, hayvan! Daha ne bekliyorsun? Bu saatte kimse olmaz."

Her yana bakınıyordum. Ah o gurur yok mu! Kimse varsa da ne olurdu sanki? Ne diyeceğimi kimse bilemezdi ki. Sadece Tanrı bilirdi. İşte sorun da buydu ya. Mademki sadece Tanrı biliyordu, neden hemen oracıkta konuşmuyordum onunla? Vicdanım beni itiyordu: "Sorun şu ki, sen kiliseye gidip onunla konuşmaya söz vermiştin."

İki adım attım. Saate baktım: üç. Antrenman saati. Güm güm güm, kalbimin yelkovanı. Gitsem. Gitmesem. Gitmesem mi? Orta kapı kapalı. Yalnızca yandaki bir tanesi aralık. Kutsal su kurnası yosun tutmuş. Bağış kutusu, hiç dolmayacak izlenimi veriyor insana. Kalbim güm güm güm ediyor. Hiç kimse yok. Alnımın terini sildim. Adımlarım yankılanıyordu. İki yandaki bomboş sıralar, onca dizin ağırlığından sonra dinleniyor. Yandaki mihraplar. Sadece benim adımlarım. Mumlar yanıyor. Alevler, hiçbir esintiyle titreşmeden dümdüz yukarı çıkıyor. Mumların gözyaşları şamdanlardan aşağı süzülüyor. Biraz daha yürüdüm. Büyük mihrabın neredeyse tam karşısında durdum. Hemen dönüp arkama baktım. İçeri hiç kimse girmemişti. Azizlerin beni gözledikleri korkusuyla bakışlarımı yan mihraplarda dolaştırdım. Hiç. Her şey sessiz, sakin. Öğle uykusu saati. Büyük mihraba doğru yürüdüm. Mihraptaki kırmızı ışık yanıyordu. Diz çöküp kalktım. Gidip bir sıraya oturdum. Tanrı'nın yalnızlığının kokusu çiçeklerde ve mumlarda. Her şey ne kadar farklıydı, bense soluk bile alamıyordum, yoksa cesaretimi kaybedecektim...

"Bugün hiç kimse kaybetmiyor, hayır! Her şey bizim için!"

Her yanda insanlar. Herkes gülücükler saçıyor. Kulüpler tıklım tıklım. Spor Kulübü, Denizcilik Kulübü. Denizcilik Okulu'ndan da gelenler var. Yüzmede çok zorlular. İnsanlar konuşuyor. Kargaşa. Eller buz gibi. Botlar ırmakta, yarış için sıraya giriyor. Kırmızı siyahlı gömlekler. Siyah beyazlılar. Yaklaşan sandallar. Hakem. Çıkış çizgisi. Potengi Irmağı'nın kıyıları, rıhtım insan kaynıyor. Müzik, hatta fişekler. Kürekler suları yarıyor, kalpler atıyor, alkışlar. Hadi, gayret! Varış, güm güm, şap şap. Kazananları kutlayan bağrışlar. Yarış saatini bekleyen yüzücüler. Her şey ciğerlere, ırka, dayanıklılığa bağlı. Her bot yarışının ardından bir yüzme yarışı yapılıyor. Yüzücü soyunma yerinde arkadaşlarıyla konuşuyor, kulübün rampasına geliyor, enerji harcamaması için oturması söyleniyor. Baldırlara masaj. Ayaklarını vururken dikkatli olması öğütleniyor. Bin beş yüz metre hiç de küçümsenecek şey değil. Sıranın üzerine uzunlamasına yatıyor, ellerimi başımın üzerinde kavuşturarak gözlerimi kapıyorum. Orada, dışarıda bağrışmalar, fişekler, müzik. Deli oluyorlar. Benden her şeyi bekliyorlar. Dışarıdan geliyorum ve onlara iyi bir ders vereceğim. Yüz metre öne fırlayacağım. İlk yapılacak iş, tempoyu koruyabilmek. En sonunda da bir hamle. Sudan çıktığımda göğsüm iki metre olacak. Oturuyor, derin derin soluyorum. Neredeyse çırılçıplağım, tangam bir rezalet, ama artık o saatte kimin umurunda bu? Hatta hiçbir şeysiz, çırılçıplak yüzmeye bile karar verecek olsam, bırakırlar. Üstelik güzel bir vücudum var, dimdik, güçlü, bronzlaşmış. Büsbütün kibirleniyorum. Hasımlarımın yanındaki sandaldayım. Dikkat. Vakit geliyor. Göğsünü şişir, Zé! Akşama Silvia gurur duyacak. Daha fazla düşünme. Sadece kulaç at, bacak salla, sağa bak, sola bak. Güç, ırk, göğüs. Vücut suyun içinde kayarak ilerliyor. Her yanda aynı düşünce: kazanmak. Rıhtımdan Refoles'e kadar soluk almak. Onca antrenman çabası ancak o zaman karşılığını vermiş olacak. Kendinden geçmiş, neredeyse ölü gibi, her şeyin artık bittiğinin farkına bile varmayarak finale varış. Sandalın üstünde havaya kaldırılma, kucaklanma. Soluk almak, uzanmak isteyerek. Bütün kulübün alkışları arasında bir tur. Onca bağrışmadan sersemlemiş, sağır olmuş bir halde... Bütün bunlar ne güzel olabilirdi!..

Ve orada, Tanrı'nın yalnızlığının karşısında, kırmızı ışık altında pek bir anlamı yoktu.

"Sana bütün anlatmak istediğim buydu, Tanrım! Hepsini bırakıyorum, gözlerim kupkuru. Görebilirsin. Bir daha hiç yüzmeyeceğim. Söz veriyorum. Ama sen de ameliyatta ona yardım etmelisin. Anladın mı?"

Boynumu bükerek dudaklarımın arasından mırıldanıyordum:

"Senin de planların olduğunu biliyorum, ama onları birazcık değiştir. Bazılarının gözünde tembel olacağım. Kulübüm büyük bir hayal kırıklığına uğrayacak. Hatta doktorun kalbim yüzünden yüzmeyi yasakladığını söyleyerek yalan bile söyleyeceğim. Bu beni hiç üzmeyecek mi sanıyorsun?"

Titreyen parmaklarımla, beyaz kâğıda sıkı sıkı sarılmış minik paketi çıkardım. Kâğıda sarılı şortumu avucumun içinde sıktım. En iyi şortumdu, ama hiç üzülmüyordum. Gözlerimi görebilirsin, bilirsin ki ben bir hiç yüzünden ağlayıveririm. Üzerinde yazılı olanları okudum:

VERİLEN BİR SÖZ GEREĞİNCE, LÜTFEN AÇMAYIN. LÜTFEN YARIN HİÇ AÇMADAN ÇÖPE ATIN.

Başım önümde, kiliseden çıktım. Kiliseyi temizleyen hayır sahipleri sırrımı asla açıklamayacaklardı. Güneşe doğru yürüdüm, ama ruhumda bir şey ölmüştü. Gözle görülmez bir kan, büyük mihrapta damla damla akıyordu. Elli dört, elli beş... Yüz yirmi iki... Bin üç yüz otuz sekiz... Koridorun ötesine yürüyor, yeniden bu yana dönüyordum, elli bin kez. Ameliyathanenin çevresinde dönüyordum, camların arkasında karaltılar yürüyordu.

Hiç. Bir türlü bitmiyordu. Annem şapelde dua ediyor, dua etmekten çok, ağlıyordu. Akşam oluyordu, ellerim buz gibiydi, sigara içmek istiyordum. Ayaklarım durmak bilmiyordu, sızlayarak.

Ameliyathanenin kapısı açılmıştı. Bir doktor dışarı çıktı, kepini bir yana attı, elinin tersiyle alnındaki teri sildi.

"Her şey yolunda mı, doktor?"

"Bitiriyorlar. Hemen odasına götürürler."

Anneme haber vermeye koştum.

"Sen burada kalsan iyi olur. Her şey yolunda gitmiş. Odasına götürdüklerinde gelir seni alırım."

Tekerlekli sedyeyi koridorda sürüyorlardı. Yüzü solgun, ağzı aralıktı. Yorgun nefes alıyordu. Eter kokusu her yanı sarmıştı. İçimden sesleniyordum: "Aman dikkat, dikkat edin. Hepiniz çok dikkatli olun. Vücudunu yavaşça tutun. Yastığını koyun."

Derken ilk inilti duyuldu, sonra bir tane daha. İnliyordu. Bacaklarım çözülüyordu, elimde olmadan alnımdan bir ter boşandı.

Geceyi kaygı içinde geçirdim. Her şey yolunda gitmişti. Ama gerçekten her şey iyiye gidecek miydi? Ya doktorlar beni kandırdılarsa? Hepsini teker teker öldürürdüm, bir enjektör iğnesini kalplerine yavaş yavaş sokarak.

Annemin uykusuz gözlerinin ve benim gerginliğimin önünde gün doğdu da biraz cesaret buldum. Gün ışığı karanlığın korkularını uzaklaştırıyordu hep.

Babam iki gün boyunca korkunç bir halsizlik içindeydi, ancak daha sonra düzelebildi. İçimde, yirmi yıldır taşıdığım yüreğimde bir ses, şortumun Tanrı'nın hoşuna gittiğini söylüyordu.

Tanrı, her şeyi silen zamanı nasıl yarattıysa, günler birbiri ardından geçip gidiyordu. Babam artık yemek yiyor, konuşuyordu, rengi de düzelmişti. Elimden geldiğince uzun kalıyordum yanında.

"Zé!"

"Evet?"

"Eve dönmek için deli oluyorum. Burada çok sinek var."

Sabırla kovuyordum onları.

"İşin kötüsü, bu sinekler kafamın içinde sürekli vızıldıyorlar."

"Dediklerine göre bunun anlamı, bizimle konuşmak isteyen biri var demekmiş. Gündüzleri uyumak istediğimde onları kovmanın çaresini biliyorum ben."

"Neymiş o?"

"Kafama 'Filit' sıkıyorum."

Babam hafif hafif gülüyordu.

"Gülemiyorum, oğlum. Sende de ne fikirler var!.."

"Sen uyu, ben onları kovarım."

Gözlerini yumdu. Onları yeniden açtığında gece olmuştu bile.

"Sen hâlâ burada mısın? Annen nerede?"

"Eve gitti, dinlensin diye ben yolladım. Bazı şeyler alması gerekiyordu. Az sonra döner. Bir şeye ihtiyacın var mı?"

"Evet. Odanın ışığını açsana."

Dediğini yaptım. Hamaklı kanepeyi yatağına yanaştırdım. Elimi tuttu.

"Kendimi güçsüz hissediyorum, oğlum."

"Büyük bir ameliyat geçirdin. Artık tamamen iyileşeceksin. Çok ağrıyor mu?"

"Çok değil. Vücut bu pozisyonda yoruluyor. Sırtım yanıyor. Baksana şilte ne kadar sıcak."

"Evet, çok sıcak. Boynuma tutunabilir misin, sırtına biraz talk süreyim."

"Olur."

Talk pudrasını alıp üzerine eğildim. Dediğimiz gibi yaptık. Dünyanın en kırılgan camını tutuyor olsam bu kadar dikkat harcayamazdım. Onu yeniden yavaşça yatırdım, ama yine de ağzından bir inilti çıktı.

"Daha iyi misin?"

"Çok daha iyi."

"Süt içebilirsin, değil mi?"

"Biraz sonra."

Yeniden elimi tuttu.

"Zezéciğim!"

"Evet."

"Senden bir şey isteyecektim."

Çelik gibi bir el sıkıverdi yüreğimi. Hemen hemen tahmin edebiliyordum. Her şeye karşı koymadan katlanmak da verdiğim sözün bir parçasıydı.

"Söyle."

"O kızla ilişkini kesmeni isteyecektim. Bu işin sonu iyi bitmeyecek. Daha çok vaktin var. İkiniz de öyle gençsiniz, öyle düşüncesizsiniz ki..."

Dudaklarımı ısırdım.

"Ne diyorsun?"

Başımı öne eğdim, elini yüzüme dayadım. Hiç bu kadar yumuşak konuşmamıştım. Tanrı korkusu da değildi bu.

"Bunu çok mu istiyorsun, baba?"

"Henüz vakit varken, oğlum."

Artık bir daha ağlamayacaktım. Bir daha hiç kimseyi asla sevmeyecektim. Hiç kimseyi. Dünya çok kötüydü. Başımı kaldırıp gözlerinin içine baktım.

"Lütfen, oğlum. Benden nefret etme. Öyle kötü kötü bakma bana..."

İstediği şeyin etkisiyle öylece kalakalmıştım. İster istemez, önümde uzanan otuz yılı düşünüyordum. Günün birinde bir oğlum olacak olursa, ben de aynı şeyi yapacaktım...

O sırada daha önce hiç görmediğim bir şey oldu.

Yanaklarından aşağı gözyaşları süzülüyordu. Bütün bu olanlar onu çok zorlamış olmalıydı.

Cebimden mendilimi çıkardım.

"Sil gözlerini. Ağlama. Senden nefret etmiyorum. Onunla ilişkimi hemen bugün keseceğime söz vermiyorum, ama en geç yarın öğleden sonra..."

Kalbimden bir ses şöyle diyordu: "Yarın öğleden sonra pazar değil mi? Bahçede buluşmayacak mıydık? Paramız sinemaya gitmeye yetmediğinden böyle ayarlamamış mıydık?"

Babam, yüzümü bırakıp beni öptü.

"Teşekkürler, oğlum."

Yeniden hamaklı kanepeye oturdum. Hayatın tadı tuzu kalmamıştı. Gülümsemeye çalışarak babama döndüm:

"Kapat gözlerini. Biraz uyu. Fazla heyecanlanmamalısın..."

Babam, on beş gün sonra eve döndü. Artık ağır ağır da olsa yürüyordu. Her sabah ona gazeteleri götürüyordum.

"Yarış bu pazar mı?"

"Evet."

"Artık antrenman yapmıyor musun?"

"Hayır. Formdan düştüm."

"Saçmalık... O dayanıklılığınla sen üç günde eski haline dönersin."

Hiç pişmanlık duymadan yalan söyledim:

"Ondan değil. Bin beş yüz metre için başka yarışmacı yokmuş. Tek başıma yüzmek fazla kibirlilik olacaktı. En uzun yarış sekiz yüz metre. Ben de vazgeçtim. İnsanın, umduğunun yarısı kadar yüzmesi için bu kadar antrenman yapması gerekmez."

"Bence yine de yüzmelisin."

"Yok canım! Sırf kendim için bütün bir yarış programını yarım saatten fazla kesemem..."

Babam, gazeteyi açıp oyalanıyordu. Ben, dışarı çıkıp kendimi sokaklara atıyordum. Sokaklar bomboştu. Kimse benim yavaş yavaş ölmekte olduğumun farkında değildi. Zayıflamıştım. Babamın sağlığı için kaygılanmaktan olduğunu söyleyerek belli etmiyordum. Şarkı söylemiyor, ıslık bile çalmıyordum. Gülümsemek, zevk olmaktan çıkıp bir zorunluluk halini almıştı. Sofrada yemeği zorla yutuyordum. En kötüsü de gecelerdi. Yatağımdan kalkıyor, karanlıkta oturarak sabırsız horoz beni uyutana kadar yıldızları seyrediyordum. En küçük hareketime bile içten içe bir sinirlilik egemen olmuştu. Ara sıra genelevler mahallesine kadar iniyordum. İçki içiyordum. Cümbüş yapan arkadaşlarımın davetini kabul ediyordum. Çarşıdan alışveriş yapmak için artık erken kalkmak istemiyordum. Plajdan zevk alamadıktan sonra saat ondan önce kalkmanın ne anlamı vardı? Her türlü suçlamanın karşısında ağzımdan tek söz çıkmıyordu. Evde hiç kimsenin yüzüne bakmak istemiyordum. Akşam yemeğinden bile vazgeçmiştim.

Tarcísio'yu görmeye gitsem iyi olacaktı.

"Seninle kalamam, çünkü sevgilimi görmeye gideceğim."

"Biliyorum."

"Müthiş bir korkuya kapılıp bin beş yüz metreyi yüzmekten vazgeçtiğin doğru mu, Zé?"

"Arkadaşımsan, buna inanma."

Yeter. Ne cehennem azabıydı bu! Hastanedeki o geceden beri artık ağlamamıştım. Şimdi ise yeniden gözyaşları içindeydim.

"Bu da nesi, Ze?"

"Yok bir şey."

"Ne garipsin!"

"Merak etme. Git kızını gör."

Tarcísio hâlâ aynanın karşısında kravatını düzeltmeye çalışıyordu. Hafifçe sırtına vurup dışarı çıktım.

6

Serseri

Sandığın içini, en dibine, en gizli yerlerine kadar karıştırıp, resmi avcumun içine alıyorum. Hep gizli gizli, sanki bir suç işliyormuşum gibi. O zaman çocukluğumu hatırlıyorum. Her şeyi bir sır haline getirmek için önüne geçilemez bir merak. Elime geçirdiğim her şeyi, *sapote* ağacının kovuğuna saklamak. Telle birbirine bağlanmış bir sürü teneke kutu. Boş zamanlarımda, herkesin uyuduğu saatlerde meyve bahçesine kadar gidip duvara doğru koşarak ağaca tırmanmak, *sapote* ağacına. Artık dış dünyayla ilişkim kesilirdi. Her şey benimdi. Akşamın esintisi ya da gecenin fısıltısı sallardı beni yükseklerde. Gizli yerimde saklamak için en önemsiz şeyleri aşırırdım. Hizmetçilerin homurdandıklarını duyardım:

"On iki tane mandal vardı, eminim. Yedi tane kalmış."

İçimden kıs kıs gülerdim. Aradıkları, benim sığınağımdaydı.

Eski bir jilet, kırık bir bıçak, her türlü demir parçası, delgiler, sivri uçlu ne varsa babamın tamir kutusundan aşırırdım, Amazonlar'a kaçıp kocaman bir kabilenin beyaz tanrısı olduğumda kullanılmak üzere. Hiç kimseyi sağ bırakmayacaktım. Tanıdığım bütün beyazları şişe geçirip kızartacaktım.

Düşünür dururdum. Bütün beyazları değil. Peder Feliciano, öldürmeyeceklerimden biriydi. Tarcísio de öyle. Dondurma satan o iyi kalpli adam da. Ama büyük ablam, ilk yapacağım iş bu olacaktı! İbret olsun diye ilk başta o gelecekti. Bütün gün, hayırseverlik insanın kendi yuvasında başlar diye duymuyor muydum?.. Peki, ya babam? İşte bütün sorun buradaydı. O beni sevmiyordu, ama ona karşı hiçbir şey yapamazdım. *Sapote* ağacına, ondaki o kayıtsızlığın nedenini soruyordum. Bana kötü davranmıyor, benimle kavga da etmiyordu. Ama ben var olan bir kişiydim; herkes benim çalışkan olduğumu, hayal gücümün kuvvetli olduğunu, biraz garip olduğumu söylüyordu, ama o bana bakmıyordu bile. İyi geceler demesi ya da hayır dua etmesinde mekanik bir soğukluk vardı. Acaba piyano çalışmamı istemediğinden miydi? Ne de olsa, dan-dan-dan, o gamları çalışmak, bütün gün... Ağaçlara çıktığımı, ellerimin nasır yaptığını ya da parmaklarımın sertleştiğini bilselerdi, söylemedikleri lafı bırakmazlardı. Bundan olsa gerekti. Pernambuco'dan[1] geçip Ceará'yı fethettikten sonra kabilemle çok daha mutlu olacaktım. Her şeyden önce, ablama bir telgraf göndererek ona tuzak kuracaktım. Tuzağıma düşüp Mossoró'ya kadar gidecek, ben de kafasından aşağı kaynar yağ dökecektim, haşlansın diye...

Her şey geçip gidiyordu. Zaman, her şeyi kolaylıkla yok ediyordu ve avcumda Silvia'nın denizci kıyafetiyle çekilmiş, son karnaval anısı olan resmini tutuyordum.

O günden sonra onunla bir daha karşılaşmamış, daha doğrusu karşılaşmaktan kaçınmıştım. Kendi kendimi yiyip bitiriyordum. Daha çok yaşamamak için büyük bir istek vardı içimde. Yemek yemeyi, plaja gitmeyi iste-

1. Brezilya'da bir eyalet.

miyordum; yemeklerde annemle babamın yüzlerine bile bakmak gelmiyordu içimden. Bazı zamanlar Natal'den uzaklaşıp Ponta Negra Plajı'na doğru yürüyor, ancak gece geç vakit dönüyordum. Onca güneşten yanmış geliyor, bir şeyler atıştırıp yatıyordum. Gemilerdeki iş de beni sıkıyordu. Yüklerin hesabını şaşırıyordum. Bütün gece sigara içerek yükleri seyrediyor, neden çekip gitmediğimi soruyordum kendi kendime. Babamın sözü kulaklarımda çınlıyordu: "Natal küçük bir kent. Sana daha büyük bir dünya gerek." Doğru değil miydi?

"Telefon edip 'Araraquara'nın limanda olduğunu söylediler. Seni istiyorlar."

"Gitmiyorum."

Sokaklarda dolaşıyordum. Sağlık Koruma'nın kapısında Tarcísio'yu bekliyor, çekinerek ondan para istiyordum:

"Tarcísio, bana iki bin *réis* borç versene. Meteliksizim."

Birlikte yürüyorduk, en yakın arkadaşıma bütün üzüntülerimi anlatmak geliyordu içimden. Kupkuru gırtlağımla yutkunuyordum. Ne aptalcasına acı çekmeydi bu!

"Artık sevgili değil misiniz, Zé?"

"Sonu iyi olmayacaktı."

Ah! Ayaklarına kapanmayı, sokağın taşlarında tepinmeyi nasıl delicesine istiyordum!

"Bob'la çıkıyormuş şimdi, Mister Knab'ın oğluyla. Şu mavi gözlü, sıska oğlan."

"Biliyorum."

Bob'u çok severdim, ama o anda bir kafa darbesiyle onu süs gibi duvara asmayı ne kadar isterdim.

Resmi yerine koyup sandığı kapattım. Aynada sakalları yarı yarıya uzamış suratıma baktım. Aman Tanrım! Tam bir katil suratı! Ama daha başka bir şey beklenmezdi ondan. Kadınlar böyleydi işte. Oysa ben, daha çok yaşayacak olursam... Ama ne kadar?.. Güçlüydüm, çok güçlü. Diyelim ki elli yıldan çok yaşadım. Tamam işte, bütün o süre boyunca bir daha başka bir kadına bakmayacaktım. Üstelik o beni her dakika suçlar, başka bir kıza şöyle bir kaçamak baktığımda belli etmeden beni çimdiklerdi. Aradan on beş gün geçmişti ve pat!.. Bob Knab çıkmıştı ortaya! Mıymıntı, mariz, mızmızın teki! Çekip gideceğim. Sonra da...

Petrópolis'in korkuluğuna oturup köpükleri kumsalı yalayan kocaman, masmavi denizi seyrediyordum. Sert esen rüzgâr yüzüme çarpıp saçımı dağıtıyordu. Ta uzaklarda, Praia da Redinha Boğazı'ndan balıkçı tekneleri, akşamı yelkenlerine takmış geliyorlardı. Macaos tuzu taşıyarak açık denizde Pernambuco'ya doğru yol alan bir yelkenli tekne, rüzgâr altında kamburlaşarak, pruva direğinin ucundaki büyük yelkene varıncaya kadar baştan aşağı ıslanıyordu. Gecenin karanlığı, acele etmeden, dilediğince çöküyordu denizin üstüne. İnsanın ruhunu okşuyordu. Korkuluğun ışıkları yanıyor, ta yukarıda yıldızlar da aynı şeyi yapıyorlardı. Öylece oturmaktan uyuşan vücudum hareket etmek istiyordu. Yorgun bacaklarım, uzlaşmaz bir dünyada yeniden yola koyuluyordu. Eve, akşam yemeğine gitmeyecektim. Yiyecek bir şeyler alarak bir barda oturup yemek, böylece karın doyurmak daha iyi olacaktı. Kederli olduğum zamanlarda, kalabalık basmadan o bizim meydana gitme huyu da nereden çıkmıştı? Yalnızca geniş bir meydandı işte, çarpuk çurpuk yabaninciri ağaçları ve çiçek açmış gül fidanlarıyla zemini mozaik kaplı bir meydan.

Bir arkadaşım geçti.

"Burada bir basket maçı olacak, Zé."

"Kim kime karşı?"

"Spor ile Brezilya Bankası."

"İyi, öyle değil mi? Sigaran var mı?"

"Var, ama şu 'ciğer söken' cinsinden, Trocadero marka, işini görür mü?"

"Hiç yoktan iyi."

Sigarayı yaktım ve üzüntümle yeniden baş başa kaldım.

Bir kız, yanında bir çocukla uzakta dolaşıyordu. Güm! Kalbim deli gibi atmaya başladı. Oydu; yok hayır değildi. Serap görüyorum. Buraya doğru geliyor. Parmaklarımı çatırdatıyorum. Hayır, o değil. Yanındaki kız, onun kardeşinden çok daha büyük ve epey geriden gidiyor. Yürüme biçimi aynı. Zaten o olsaydı da gidip konuşmazdım. Her şey bitti, sona erdi, artık bu defteri kapattık. Bitti. Hiçbir kadının peşinden koşacak değilim. Mavi gözlü, uçuk benizli İngilizi onun olsun. Silvia'ydı, hem de yalnız. Yanına gitmek istemedim, yemin ederim, ama kalbim beni zorladı. Nasıl olduğunu bilemeden karşısındaydım. Gamzeleriyle gülüyordu (İngiliz'in gamzeleri değil, hiç değil; benimkiler). El sıkıştık.

"Ne var ne yok?"

"İyilik. Sende?"

"Çok iyiyim."

"Baban nasıl?"

"Hemen hemen iyileşti."

"Çok sevindim..."

"Burada, meydanda tek başına ne yapıyorsun?"

"Ben özgür bir kadınım, öyle değil mi?"

Saçları kıvır kıvırdı.

"Saçların düz daha hoşuma gidiyordu."

"Sahi mi? Değişiklik olsun diye..."

Kayıtsızlığı içime işliyordu.

"Yine Bob Knab'le mi çıkıyorsun?"

"Yeniden alevlenen eski aşk. Meydandaki maça birlikte gidelim diye onu beklemeye geldim. Sence kim kazanacak?"

Nefretle dudaklarımı ısırdım.

"Spor."

"Ben de öyle düşünüyorum."

Hiç acele etmeden yürüyorduk; daha doğrusu, yere çakılmış gibiydik. Silvia bana gülümsedi.

"Şimdi bana izin ver. Bob gelebilir."

İki adım ilerledi. Bir sıçrayışta kolundan yakaladım.

"Bekle biraz. Tek bir soru: Bu kıvırcıkları Bob için mi yaptın?"

"Herhalde senin için yapmadım."

"Bob'la çıkacaksın, ama cesaretin var mı?"

"Neden olmasın?"

"Ben istemiyorum da ondan."

Elinden yakalayıp neredeyse kaba bir hareketle sürükledim onu. Meydanı geçip yabaninciri ağaçlarının gölgesine doğru ilerledik. Onu kendime doğru çekip öptüm. Bir, iki, bin kere. Vücudumdan kıvılcımlar çıkıyor, kalbim mutluluktan ağlıyordu.

"Gum!"

"Canikom. Sen hiç kimsenin değilsin, öyle değil mi?"

Yanıt, arzu dolu ıslak ağzın içindeydi.

"Saçımı bozuyorsun."

"Ziyanı yok."

"Ya baban? Gum, söz verdin..."

"Seni seviyorum, canikom. Şu son günlerde üzüntümden neredeyse ölüyordum. Artık bizi hiç kimse ayıramaz. Ne Tanrı ne de şeytan."

"Böyle söyleme, beni korkutuyorsun."

Biraz daha yatışmış olarak Silvia'yı kollarımda sımsıkı tutuyordum. Elimi yavaşça saçlarının arasından geçirdim.

"Gerçekten Bob için miydi? Sen onu sevmiyorsun, öyle değil mi?"

"Bob sadece arkadaşım. Senin geri döneceğini biliyordum."

"Meydanda olduğumu nereden bildin?"

"Üzüntülü olduğun zamanlar, kalabalık dolmadan önce meydanda oturduğunu söylerdin bana hep, hatırlıyor musun?"

Burun burunaydık. Daha da yaklaştık.

"Gum!"

"Ne var?"

"Bir daha beni hiç bırakma."

"Sen de öyle."

"Beni..."

Upuzun, ıslak bir öpücük.

"Seni seviyorum... Ya sen?"

Dudaklarımız dahasını istiyor, daha da fazlasını, daha, daha... Baba, anne, yıldız, dünya, evren, yeryüzü, insanlar, Tanrı... bizim için artık hiçbiri yoktu.

Hiç kimse bundan daha büyük bir suç işleyemezdi. İnsanları gırtlaklayıp atların arkasından sürükleyen *cangaceiro*'larıyla[1] birlikte Lampiao[2] bile. Lindbergh'in çocuğunu kaçıran, daha ciddi, daha karakter sahibiydi. Bizim evde bir söz verilsin de tutulmasın, en azından benim durumumda, şerefsizlikle eşanlamdaydı.

Eh, bütün dünya buna katlanmak zorundaydı! Çevremizde herkes bize karşıydı. Silvia'nın evinde, ağabeyi azgın bir köpek gibi gözlüyordu bizi. Ablam, eve haber taşıyordu. Ve her şey öğle yemeği saatinde patlak veriyordu.

"Bugün Ribeira'da kombinezonsuz dolaşıyordu. Gözlerimle gördüm. Doña Leticia Cerqueira'nın 'Santa Teresinha' dükkânındaydı, iki gözüm önüme aksın ki gördüm."

1. (Port.) Haydut, eşkıya.

2. (Port.) Brezilya'nın kuzeydoğusunda yaşayan ünlü bir haydut.

"Nasıl oldu da gördün?"

"Rüzgâr eteğini kaldırdı."

Karanlıkları, gölgeleri, terk edilmiş, gözden uzak yerleri arayarak iki suçlu gibi yaşıyorduk. Yine de muhalefetin entrikaları sürüyordu.

"Herkes ayıplayarak anlatıyor. Ne ahlaksızlık! Rex Sineması'nın gençler bölümünde film kopmuş ve bu ikisi öpüşmeye devam etmişler..."

Silvia gece benimle konuşmaya geldi. Babası benimkiyle buluşmuştu, her ikisi de korku içindeydiler.

"Bu çocukları ayırmalıyız."

"Ne yapabiliriz?"

"Oğlumu dışarı yollamaya çalışacağım..."

"Demek Araguaia'ya kaçmayı düşünüyorlar."

Silvia elimi tutuyordu:

"Bunu sen mi söyledin, Gum?"

"Hayatımı cehenneme çevirdikleri bir anda öyle dedim. Yalan söyledim."

"Peki gerçekten kaçacak mıyız?"

"Bu ne harika olurdu! Ama neyle? Borç para bulsam, hatta çalsam, Macaíba'ya kadar yarım saatlik yola bile yetmezdi."

Cesaretimiz kırılarak birbirimize sarılıyorduk; yumuşacık parmağıyla, gömleğimin altında tenimin üzerine sekizler çiziyordu. Bu çok hoşuma gidiyordu.

"Neden vücuduma hep böyle sekizler çizersin?"

"Bunu sadece senin vücudunda yapmıyorum, ama senin teninde daha iyi oluyor. Ne zaman sinirli olsam acele acele sekizler çizmeye başlarım; sonra yavaş yavaş hızımı azaltırım, o sekiz yumuşacık bir şey olana kadar."

"Zaten böylesi etki yapıyor. Sekiz yüz küsura kadar sayıyorum da hâlâ canım istiyor böyle okşamanı."

"Sevgilim, ne kadar abartıyorsun!"

Evde, yine o saldırılar. Asık suratlar, iç çekmeler,

imalı sözler, kök salmaya başlayan "serseri" sözcüğü. Babamın sessizliği beni üzüyordu. İkimiz arasında onca yakınlaşmadan sonra, akıl almaz bir gerginlik yaşıyorduk. Onun hayır duasını bile istemez olmuştum. Yemeği mutfakta yiyordum. Ara sıra gözlerim, birlikte büyütüldüğümüz küçük kız kardeşimin mavi gözleriyle karşılaşıyordu, benimle dayanışmasını göstermek ister gibi sessizce bakıyordu bana.

"*Novena*'dan[1] sonra, yağmurun altında sarmaş dolaş öpüşen, ahlaksız bir çift vardı."

"O bizdik."

Ve fırtına patlak vermeden önce sofradan kalkıp bir bahaneyle sokağa çıkıyordum.

"Gidiyorum, gidiyorum, gidiyorum!.."

Babamın istediği, herkesin istediği de buydu. Öyleyse ben de gidecektim!

Liman Başkanlığı'na girdim.

"Ne var, Zé?"

Ponciano gülümseyerek bana bakıyordu. Kulüpte arkadaş olmuştuk. O, Spor Kulübü'nde basket oynuyordu.

"Ponciano, sevgili dostum, şu doğru mu?"

Ticaret filosu için bir sınav ilanı bulunan gazete kupürünü elimden aldı.

"Hem de hemen olacak. İlanı vermekte geciktik."

Ponciano yüksek sesle okudu:

"'Kılavuz. Dümenci. Yük denetçisi, vesaire...'"

"Ponciano, hangisinde daha çok para var?"

"Dümencilikte daha çok gelecek var, çünkü terfi ediliyor. Yük denetçileri yedi yüz bin *réis*'le atanıyor."

"Öyleyse o!.. O işte deneyimim var."

1. Hıristiyanlarda dokuz gün süren bir ibadet ve bunun duası.

"Üniformanla kızların aklını başından alacaksın."

"Öyle..."

Rahat bir nefes aldım. Gidecektim. Para biriktirip Silvia'yı almak üzere dönecektim.

"Dediklerine göre sağlık denetimi çok sıkıymış."

Ponciano, göğsüme vurdu.

"Bu veremli halinle senin için özellikle sıkı!.."

Muayenehanenin merdivenlerini çıktım. Dünyada hiçbir şey beni caydıramazdı. Hemşireyle konuştum. Babam muayenesini bitirir bitirmez beni alacaktı.

Sonsuza kadar bekliyormuşum gibi geldi. Salon sıcak olmadığı halde ter içindeydim. Sonunda ihtiyar bir kadınla bir kız çocuk çıktılar. Reçete hakkında danışmak için bir sürü şey sorup konuştular.

Babam, hiç gülümsemeden içeri girmemi işaret etti.

"Otur."

Koltuğu döndürüp yazı masasına dayanarak oturdu. Elinde küçük refleks çekicini tutuyordu. Bin yıl yaşayacak olsam, o soru soran bakışlarını unutamam.

Kafamı kaşıdım, öne doğru eğilip ellerimi dizlerime dayadım, ağzımdan tek bir sözcük çıkamıyordu. Bakışlarımı kaldırdığımda, küçük çekiç sabırla bekliyordu.

Ne de olsa mahşer günü hesap veriyor değildim, ama son hesap günü de bu kadar azap dolu olacaksa ben bu işte yoktum.

Elimi cebime sokup gazete kupürünü çıkardım.

"Şunu söyleyecektim..."

Babamın, gözlüğünü takarkenki sakinliği. Benim, gazete kupürünün etkisini araştırırkenki üzüntüm. Hiçbir hareket yoktu. Gazete kupürü yazı masasının üstüne konmuş, küçük çekicin yerine gözlük çevriliyordu parmaklarının arasında.

"Bu sınava girmek zorundayım. Böylelikle buradan giderim."

Gözleri gözlerimdeydi. Neyse ki babamı sağlıklı olarak, hiç değilse çok daha iyi olarak bırakıp gidecektim.

"Neyi seçtin?"

"Yük denetçiliğini."

"Dümencilikte daha fazla gelecek yok mu?"

"Yük denetçilerine başlangıçta daha iyi para veriyorlar."

"Ya sonunda?"

"Bütün ömrüm boyunca ticaret filosunda kalmayı düşünmüyorum."

"Sınavdan geçmişsin gibi konuşuyorsun."

"Geçeceğim. Çalışmak için canım çıksa bile."

"Öyleyse neyin eksik? Para mı?"

"Belgeler için. Bana borç verebilirsen sonra sana öderim."

Ancak o zaman yumuşadı. Güldü. Yeni bir cesaret gelmişti.

"Biz böyle miyiz, bu kadar mı düşmanız?"

"Hayır, baba. Değiliz. Kimse beni anlamıyor."

Başımı önüme eğmek zorunda kaldım, yoksa ağlamaya başlayacaktım, korkum gözlerimden okunmaya başlamıştı bile. Ama boyun eğmeyecektim. Ağlayarak kollarına atılmama ramak kalmış olsa bile: "Biliyorsun, baba, sana o sözü veremezdim. Sen de bunu benden istememeliydin. Üzüntümden ölüyordum, baba. Sandığından çok daha fazla üzüntü çektim."

Kendimi tuttum: "Ben erkeğim. Sonuçlarına katlanmalıyım. Şimdi çekip gitmezsem, evde hep o anlaşmazlıklar olacak. Teslim olma, Ze!"

"Ne kadar gerekiyor?"

"Yaklaşık iki yüz bin *réis*."

Elini gömleğinin altına sokup bir tomar kâğıt para çıkardı. Ağır ağır saymaya koyuldu.

"Yetmiyor. Tasarruf Sandığı için bir çek vereyim sana."

O dönemde iki yüz bin *réis* çok paraydı. Gözlüğünü takarak çeki yazdı; bakışlarım omuzlarında, doktor kepi o güzel başındaydı.

Gülerek döndü ve çeki uzattı.

"İyi yolculuklar, denizci!"

Düşüncelerini okuyabiliyordum. Benimle hayal kırıklığına uğramış değildi. Beni hiçbir zaman evden atamayacağı için benim bir çözüm yolu aradığımı biliyordu. Dünyanın kapılarını açıyordu bana. Ve ben korkuyordum, ne yalan söyleyeyim? Korku içindeydim, dünya öyle büyüktü ki... insanoğlunun girebileceği en büyük, en keder dolu yerdi.

Çeki parmaklarımın arasında yuvarladım; sonra katlayıp cebime koydum. Sesi değişmekte olan genç bir horoz gibi belirsiz bir "Teşekkürler," çıktı ağzımdan.

Beni kapıya kadar götürdü. Hemşireye döndü:

"Bir sonraki hastayı yollayın."

Kapıyı kapamadan önce bir kez daha gülümsedi bana.

Vücudumun ağırlığını hissetmeden indim merdivenleri. Ateşle yazılmış o sözcükler ruhumu dağlıyordu:

Coğrafya, tembellere ve serserilere özgü bir derstir...

NATAL